미운 남편 데리고 다니기

미운 남편 데리고 다니기 글·사진 주진명

24년째 결혼살이 중, 특별하지 않은 그녀의 사박사박 여행에세이

harmonybook

장미꽃이 꽃 중에 제일 아름답다고들 한다. 그렇다고 이 세상에 온통 꽃이라고는 장미밖에 없다면 어떻겠는가? 아마 장미가 특별나게 '예쁘다'라고 생각이 되지 않을 것이다. 얼마나 지루하겠는가? 볼 수 있는 꽃이 장미밖에 없다니…. '김나박'이라고 하여 김범수, 나얼, 박효신을 줄여 부르는 말이 있다. 제일 노래를 잘하는 남자 가수 세 명을 이렇게 부른다고 한다. 그렇다고 이 세상에 세 명의 가수밖에 없다면 어떻겠는가? 우리는 다양한 가수들의 노래를 들을 수가 없을 것이다. 무슨 얘기를 하려고 하나 궁금할텐데….

이 세상에는 이렇듯 다양한 모습의 꽃과 다양한 노래를 부르는 가수가 필요하다는 것이다. 물론 꽃과 가수에만 해당되는 얘기는 아닐 것이다. 다양한 상점과 제각각의 책들, 색다른 옷, 다른 대상을 그려낸 그림 등. 이 세상에 프로페셔널한 사람들만 책을 쓰거나 직업 가수들만 노래를 부를 수 있다면 그것 또한 다양성의 관점에서 신선함이 없을 것이다. 나 같은 아마추어가 다듬어지지도 않은 개인적인 단상을 출판한다는 것의 변명은 되지 않겠지만 말이다.

아마추어들도 나름의 방식으로 예술을 즐기면 되는 것이다. 축구의 세계에서 동네축구, 청소년 축구가 있어야 하는 이유가 있듯 말이다. 국가대표 선수만 축구를 할 수 있다면 세상 남자들이 얼마나 슬퍼하며 주저앉아 울고 싶을까? 그나마 축구라도 하며 사람도 만나고 스트레스도 날려버리고 있는데. 세련되지 않지만 진실하게 살아가는 이야기를 서로나누고 쓰고 읽을 때 우리는 평범한 사람들의 날 것 그대로의 모습을 보며 공감하고 위로받고 또 살아갈 희망을 갖게 되지 않을까 생각해본다.

나도 대문호의 작품을 읽으며 무릎을 치고 감동 받은 기억보다 평범한 사람들이 쓴 경험을 읽으며 훨씬 더 내 얘기 같다는 공감을 한 기억이 많다. 우리는 모두 스토리를 만들고 있다. 지금 이 순간도 각자의 소중한 스토리를 말이다. '나만 이런가? 나만 외로운가? 나만 아픈가?'라는 생각들은 다른 사람의 스토리를 읽을 때 비로소 보이지 않는 끈으로 연결되어 붕붕 떠다니는 우리를 지구에 묶어준다. 우리 서로 놓치지 말자. 여기 저기 떠 있는 끈의 끝자락을 잡고 언제까지고 아름다운 별 지구에 오래오래 붙어 있자. 슬프도록 아름다운 우리의 삶을 하루라도 더 늘여보자. 나는 특별한 사람도 아니고 특별한 사유의 재주도 없으니 제일 가까운 사람과 사박사박 돌아다닌 얘기를 적어본다. 미운 남편의 행태를 양념 삼아.

김영하는 '오래 기다려온 대답'에서 말한다. '늙는다는 것은 무엇일까? 그것은 세상과 인생에 대해 더 이상 호기심을 느끼지 않게 되는 과정이다. 호기심은 한편 피곤한 감정이다. 우리를 어딘가로 움직이게 하고 무엇이든 질문하게 하고 이미 알려진 것들을 의심하게 만드니까.'

나는 아직 어디론가 이동하고 싶고 그곳에서의 모습, 장면, 자연, 사람이 궁금하다. 못 견디게. 그러면 아직 늙지 않은 것일까? 지나친 호기심으로 남편을 설득하여 데리고 다니고 싶은 마음이 흘러넘치는 걸 보면. 책이 나오기까지 함께 해 준 하모니북 출판사와 미운 남편에게 고마움을 전하고 싶다.

- 2023 여름, 주진명

Contents

Contents

1

결혼살이

외줄타기

'우리 모두의 연은 그저 물에 비친 그림자거나, 비행기 위에서 내려다보는 구름 따위 아니던가'라고 작가 이병률은 말한다. 그렇게 허망한 인간 사이의 인연 중 가장 미묘하고 복잡한 것이 부부 사이가 아닐까?

우리는 24년차 부부다. 부부생활은 둘이 외줄 위에서 걷는 것과 같다. 부단히도 애를 쓰며 살았다. 우리만 그런가? 떨어지면 끝장이다. 어떻게 균형을 잡고 줄 위에서 떨어지지 않도록 노력해야하는가? 둘이 함께 산다는 건 마치 지구가 한 치의 오차도 없이 운행 되는 것 만큼이나 어렵다. 제각기 살던 사람 둘이 맞추면서 산다는 것은 쉬운 일이 아니다. 서로 헤게모니 다툼을 하기 위해 끝도 없는 전쟁을 한다.

둘이 못살 이유는 차고 넘친다. 제일 심각한 예로는 어느 한쪽이 폭력을 행사한다거나 외도를 하는 경우다. 용서하기 힘든 1순위 이혼 사유다. 두 번째로 도박을 한다거나 낭비벽이 있다거나 배우자 몰래 엄청난 빚을 지는 것이다. 남편 친구 중에 이혼 사유가 도박인 경우가 있다. 부인이 여러 차례 기회를 줬지만 습관성 도박으로 인하여 결국 헤어지게 되었고 아이들을 각자 키우고 있다. 부인에게 신뢰를 잃어버린 것이다. 아무리 다시 도박을 안 한다고 어필을 해도 부인의 마음은 닫히고 말았다.

세 번째로는 경제활동이다. 둘이 합의되지 않은 상황인데 경제활동을 하지 않는다면? 할 의욕이 없거나 의욕이 있지만 계속되는 실패로 도저히 기본 생활을 이어나갈 수 없다면? 이것은 꼭 남자에게만 해당 되는 얘기는 아니다. 다른 이유들도 많다. 예를 들면 아내가 육아에 대한 의욕을 보이지 않는다거나 집안일에 등한시 하는 것이다. 어느 정도의 역할 기대가 있지 않은가? 앞에서도 얘기했지만 둘 사이에 원만한 합의만 있다면 아무런 문제가 없다. 그러나 그런 것이 없는데 둘 다 경제 활동을 하지 않는다거나 둘 다 육아에 의지가 없다면 그 결혼생활은 유지 되지 못할 것이다.

네 번째, 문제가 있어서 한쪽이 대화를 시도했을 때 다른쪽이 무시를 하거나 소통이 되지 않을 때에도 둘이 같이 생활하기는 힘들다. 둘만의 문제가 다가 아니다. 아이가 생겼는데 장애가 있다거나 여러 가지 질병이나 문제가 있을 때도 삶은 녹록하지 않다. 환경이 그래서일까? 요즘은 아이들이 다양한 질병을 안고 태어난다. 면역 관련 질병이 많다. 천식, 아토피, 비염 등으로 고통을 받는 아이들이 흔하다. 병원에 입원한 심각한 병이 아니라도 매일 견뎌야 하는 질병들은 손에 꼽을 수 없을 정도이다. 우리도 큰딸이 심한 아토피라 애간장이 타들어 갈 정도로 힘이 들었다.

다섯 번째, 시댁과 처가의 부모, 형제가 부부갈등의 요인이 될 수도 있다. 그들에게 지속적으로 경제적인 원조를 해야 한다는 것도 쉬운 일은 아니다. 반대로 지속적인 지원을 받아도 문제다. 경제적으로 독립하지 못한 부부는 부모에게 의지하게 되고 간섭까지 받을 수 있다. 부부 문제에 부모와 일가친척이 개입된다면 이건 장외전이라 더 어려운 일이 되어버린다. 즐겨봤던 프로 중에 '돌싱글즈'가 있다. 이혼한 남녀 8명이 나와서 데이트를 하고 며칠간 동거를 하며 최종선택을 하는 구성이다. 나오는 출연자 중 여러 명은 이혼의 사유가 양쪽 부모의 개입 내지는 부모와의 갈등이었다.

여섯 번째로 성적인 문제도 부부관계에서는 꽤 중요한 아니 제일(?) 중요한 문제일 수도 있다. 이혼의 결정적 사유가 될 수 있기 때문이다. 우리나라에도 섹스리스 부부가 꽤 있는 것으로 알고 있다. 겉으로 내놓고 얘기도 못하고 남들에게는 성격 차이라고 하는 경우가 대부분이다. 속궁합이 맞지 않아서 이혼한다고 차마 어떻게 말을 하겠는가? 서로에게 만족하지 못한다면 부부 생활을 원만히 하기는 힘들다.

많은 지뢰를 피해 다녀야 한다. 남북 사이에 놓인 지뢰만큼이나 숨 막히는 이혼 사유를 밟지 않아야 한다. 설사 밟았다 해도 터지지 않을 만큼 아슬아슬한 상황을 모면하며 부부생활을 유지한다는 건 손에 땀을 쥐게 하는 경기를 보는 것과도 같다. 남자와 여자, 다른 두 성이 만난 것이다. 남자는 끝까지 남자이고 여자도 죽을 때까지 여자다. 남자는 죽을 때까지 힘 자랑을 해야 하고 여자도 숨을 거둘 때까지 예쁘게 보이고 싶을 것이다.

최근에 알게 된 드라마 '그레이스 앤 프랭키'에는 70대 부부의 얘기가 나온다. 서로 알고 지내는 두 커플의 스토리다. 남편 둘이 서로 사랑에 빠진다. 둘 다 변호사이고 동업자다. 20년 동안 성 정체성을 부인들에게 숨기며 몰래 사랑을 하다가 커밍아웃을 한다. 40년 가까이 살아온 내 남편이 게이인 것이다. 그리고 70대에 이혼을 통보받는다. 이 기막힘을 어찌 감당할 수 있을까? 당하는 부인들 입장에서는 황당하겠지만 남편들의 입장은 다르다. 여생이라도 당당하게 자신의 성 정체를 밝히고 사랑하는 사람과 살고 싶은 것이다. 물론 남의 나라 얘기지만 우리나라에도 이런 경우가 있을 수 있다. 이렇게 각자의 사연이 있다. 상상할 수 없는, 겪고 싶지 않은 이야기들은 도처에 널려 있다. 드라마에는 이혼 통보를 받은 부인 둘이 성격은 안 맞지만 별장에 함께 기거하며 서로의 아픔을 헤집었다가 위로했다가 하며 절친이 되는 과정이 나온다. 인정할 건 깨끗이 인정하고 받아들이는 과정이 유쾌하고 솔직하다.

이 모든 문제를 다 비켜가며 줄타기를 하는 부부관계가 어찌 어렵고 위험하지 않을 수 있을까? 우리는 하루하루 서로의 사이를 점검한다. 아내의 기분이 어떤지? 남편의 컨디션이 어떤지? 주로 여자들은 남편이 밖에서 다른 여자에게 한눈을 팔지 않는지? 또 남편들은 어떻게 하면 경제적으로 힘들지 않게 가족을 만족시킬까? 아내에게 인정을 받을까? 생각하느라 고민이 많다.

'평범한 결혼생활'에서 임경선 작가는 말한다. '100가지 합리적인 이유를 들어서 결혼의 불리함과 비합리성을 설득시킨다 해도, 망할 줄 알면서도 뛰어드는 어떤 맹목적인 마음에, 나는 인생에서 누릴 수 있는 몇 안 되는 귀한 찰나를 본다. 결혼은 참으로 복잡하게 행복하고 복잡하게 불행하다.' 매우 공감이 가는 구절이다.

실제로 결혼생활에 온통 안 좋은 것만 있다면 왜 사람들이 결혼을 하겠는가? 고통을 상쇄할 만한 그 무엇인가가 분명히 있기에 우리는 결혼을 종용하고 또 스스로 그 불구덩이에 뛰어들기도 하는 것이다. 넓디넓은 공원에서 아장아장 걷는 어린 내 아이가 두 팔을 앙증맞게 벌리고 내게로 달려오는 모습을 볼 때의 행복을 무엇과 바꿀 수 있을까? 초등학교 운동회 날 단체 무용하는 내 아이의 그 귀여운 모습에 설명할 수 없는 눈물이 흐르는 걸 왜일까? 그런 소중한 존재가 있다는 것은 내 삶에 무한한 감동을 선사한다.

이런 찰나의 기쁨을 위해 결혼을 한다. 불행할 수도 있을 걸 알면서 결혼한다. 모르니까 한다고 해야 하나? 재혼을 하는 사람들은 배우자가 달라지면 또 다른 생활을 할 수도 있다는 희망을 안고 감행하는 것이리라. 아이를 낳고 키우면서 아무리 힘들어도 또 둘째를 낳는 것처럼.

결혼 살이

결혼 살이는 왜 이리 미로 같은지
그 흔한 지도 하나 없다

남자는 여자에겐 이방인
여자는 남자에겐 외계인

상상은 했지만 처음 만나는 존재
같은 언어를 사용하지만 주파수가 잘 맞지 않아
늘 치직거리기 일쑤다

그놈의 주파수는 어찌나 예민한지 맞추기 힘들어 꺼버리고 싶지만
그게 또 잘 맞으면 감미로운 음악을 들려준다.
외면하기는커녕 그 소리에 취하게 된다.

결혼 살이는 왜 이리 규칙도 궤도도 매뉴얼도 없이 어려운지.

아수라의 산물

자다가 벌떡 깼다. 누가 얼음 한 바가지를 얼굴에 붓기라도 한 것처럼 놀라서 깬다. 자다가 놀라는 증상으로 한 번씩 이렇게 깨고 나면 몸에 기운이 빠지고 모든 것에 의욕이 사라진다. '열심히 살았는데 겨우 남은 건 이런 건가?' 허무가 찾아온다.

육아와 일로 늘 신경이 곤두서 있는 나는 남편에게 신경질을 많이 부렸다. 나의 신산함을 얘기하는 것이 대화의 레퍼토리가 되었다. 분위기를 어둡고 우울하게 만들기도 하고 어린아이처럼 칭얼대기도 했다. 결정을 내 위주로 끌어가려고 주장했다. 넛지 같은 좋은 방법도 있지만 내게는 그럴 여유가 없었다. 대화하다 보면 어느새 울고 있다. 그런 내 모습이 못마땅한지 남편은 화를 내기 일쑤였다. 처음에는 그러지 않았다. 둘이 붙어있기 좋아하고 즐거운 얘기만 했다. 화도 내지 않고 싸우지도 않았다. 싸운다 해도 남편이 늘 미안하다고 먼저 말하고 나를 공주 대하듯 했다.

나이가 들면서 내가 반복해서 화도 내고 자꾸 눈물을 보이니 남편이 지쳤는지 욱하면서 화를 냈다. 작가 김훈은 '연필로 쓰기'라는 작품에서 말한다. '전쟁은 본래 논리가 아니라 아수라의 산물이다.' 그렇다. 부부의 말싸움도 전쟁이다. 아수라가 따로 없다. 내가 얘기를 하면 남편이 화를 낼 걸 알면서도 똑같은 주제와 분위기로 남편을 몰아갔다. 남편도 비난

받는 것이 싫으니 똑같이 화를 내며 대화를 단절했다.

 학생을 가르치듯 혼내듯 남편한테 화를 냈다. 끝까지 한마디도 지지 않았다. 어느 날 처음에는 좋게 시작을 했다가 되풀이되는 주제로 얘기가 진전되었다. 남편은 컴퓨터 앞에 앉아 소주를 맥주잔에 연거푸 부어 마셨다. 이런 일은 아주 드문 경우이다. 많이 취했다. 속은 끌탕이지만 건드리지 말아야겠다는 생각이 본능적으로 든다. 그러더니 '안동역에서'라는 노래를 튼다. 그 노래를 10번 정도 따라 부른다. 술 취한 남자의 '안동역에서'. 조이는 마음을 안고 거실에서 상황을 지켜보는 수밖에.

 그러더니 소리 없이 엎드려서 잔다. 그러면 안 되는데 저녁 8시쯤 일어나더니 동네 사우나에 간다. 사우나 건물은 1층에 마트가 있다. 나는 사우나까지는 들어갈 수가 없어 마트에 살 것도 있고 하여 그 건물 바깥 주차장에 갔다. 다행히 남편 차가 있다. 사우나에 있는 것이다. 나는 문자를 보냈다. '미안해요. 다시는 그러지 않을 테니 집으로 오세요' 남편도 화해의 답변을 보내온다. 이렇듯 미안하다고 해야 할 때, 먼저 손을 내밀어야할 때는 적절히 양보하며 살아온 듯하다.

 '친애하는 미스터 최(사노요코, 최정호저)'에서 사노요코가 최정호에게 보낸 편지에는 이런 글이 실려 있다.

 중국에 망명했던 일본의 공산당 간부가 조금 전에 귀국했습니다. 그

는 신념과 사상을 위해 가족을 버리고 30년 가까운 세월을 중국에서 보내고 몸도 마음도 몹시 지친 상태로 돌아왔습니다. 그가 한 첫마디는 일가단란(一家團欒)을 즐기고 싶어서 돌아왔다는 말이었습니다. 신념도 사상도 늘그막에 일가단란을 즐기고 싶은 욕망을 이기지는 못한 거예요. 그의 아내는 30년 동안 아이를 지키면서 살아 왔습니다. 사람을 살리는 것은 사상도 신념도 아니고, 생활이 아닐까요?

젊을 때는 자신의 뜻한 바를 따라 꿈을 펼치기 위해 다양한 활동을 펼친다. 무리해서 유학도 가본다. 그러나 결국 나이 먹어 바라고 원하는 것은 따뜻한 가정이라는 것이다. 배우자와 아이들이 있는 가정. 그것만이 궁극적으로 인간에게 위로와 안식을 주는 시스템이 아닐까 싶다. 미우나 고우나 살을 부비며 또 가끔 싸워대며 일상을 살아가는 동반자인 남편이 고마운 이유다. 남편에 대해서도 짧은 시를 짓는다.

남편

남편은 좋은 人이다
내가 건드리지 않으면
절대 먼저 공격하지 않는다
가만히 두고 보면 좋을 일이다

남편은 나쁜 人이다
내가 대화를 시도해도
컴퓨터만 들여다보며 나를 무시한다
가만히 두고 싶지 않다

남편은 이상한 人이다
나랑 살고 있는걸 보면

남편은 좋은 人이다
바깥일이 아무리 힘들어도
불평하지 않고 내색하지 않는다

남편은 나쁜 人이다
내가 아무리 감정에 호소해도
이성과 사실만을 아프게 내어 놓는다

남편은 이상한 人이다
아무리 교육을 시켜도
변하지 않는다.

틈틈이 미운 남편

여자들이 남자에게 제일 서운한 때는 출산 당시 남편이 어떻게 하느냐에 달려 있다고 해도 틀린 말이 아닐 것이다. 요즘 젊은 사람들처럼 동영상으로 담고 사랑의 눈빛을 마구 쏘라는 얘기가 아니다. 적어도 아픔을 같이 느끼는 척이라도 했으면 좋겠다. 남의 일인 듯, 불구경하듯 멀찍이 서 있는 태도는 좋지 않다.

첫딸을 예정일보다 2주 늦게 제왕절개로 출산했다. 더 늦어지면 태변을 볼 수 있어 수술했다. 그 당시에는 경기도 이천에서 근무를 했다. 개인 병원에서 출산을 했는데 아기가 황달도 심하고 자꾸 토한다고 소화기관을 열어주는 수술을 해야 한다는 거다. 이게 무슨 청천벽력 같은 소리인가? 갓 태어난 아기에게 수술이라니? 주사를 맞고 우는 아기의 울음소리에 심장이 녹아내리는 듯했다.

나도 제왕절개를 한 몸이라 정신이 없었지만 그 얘기를 들으니 걱정되고 황당하기가 이루 말할 수 없었다. 남편은 조금 나은 편이었다. 큰 병원으로 가자고 했다. 출산을 하필이면 12월 31일 한해의 마지막 날 했다. 다음 날인 새해 첫날에는 어딜 가도 차가 막혔다. 도착한 곳은 동서울 병원. 그곳에서는 아기가 그럴 수 있다며 아무 문제가 없다고 했다. 얼마나 다행인지. 그렇게 첫딸을 요란하게 출산하고 둘째를 8년 만에 낳았다.

큰딸이 아토피가 심해서 둘째 생각이 없었다. 엘리베이터만 타도 사람들이 한 번씩 쳐다보고 멀찍이 서는 게 느껴질 정도였다. 전염되는 것도 아닌데…. 밤에 잠도 못 자고 피가 나도록 긁는 아이를 보고 미안한 마음이 들었다. 몸에 안 맞는 음식을 먹으면 눈두덩이가 붓고 기도가 부어 절박한 상황이 올 수도 있다. 응급실로 뛰어가기 일쑤였다. 또 아이를 낳겠다는 생각은 들지 않았다.

그런데 사람의 생각은 단정해서 말할 수 있는 것이 아닌가 보다. 어느 정도 아이의 병에도 적응이 되고 큰 딸이 다니는 모든 곳에서 감시의 레이저를 쏘아대는 나 자신을 발견하고 이대로는 안 되겠다 싶었다. 집착이 심해 힘들었다. 결국 7년 만에 마음을 바꾸고 둘째를 가진 것이다. 노산이라 임신 기간 동안 병원을 자주 갔다. 딸이라는 걸 안 남편은 실망한 기색을 감추지 않았다. 그렇게 살갑게 굴던 남편이 다른 사람이 되었다.

나는 직장 일에, 임신한 상태의 몸에 많이 힘든데 기분까지 좋지가 않았다. 다정하게 굴던 남편이 무표정하게 나를 바라본다. 웃으며 이것저것 얘기하던 남편이 말이 없다. 힘들고 우울하고 외로웠다. '내가 뭘 잘못한 거지?' 남편은 자신이 힘들어 나의 감정까지는 돌보지 못했던 거다. 얼마나 아들을 갈망했는지 알 것 같았다. 짐작은 했지만 눈으로 확인하고 체감하니 견디기 어려웠다. 삼 형제 중 막내인데 큰댁에 딸 둘, 작은

댁에 아들과 딸 우리가 딸 하나. 이렇게 아들이 귀했다. 남편은 자기 인생에 아들이 없다는 걸 상상해보지 않았단다.

첫애를 제왕절개 했지만 둘째는 자연분만으로 낳고 싶었다. 큰딸이 아토피가 심한 것도 수술하고 모유를 먹이지 못한 탓인 거 같았다. 당시 유행하던 수중분만도 알아보았다. 마지막 달에 남산 만한 배를 안고 안양에서 성남까지 가는 좌석버스를 타고 병원에 갔었다. 상담은 했지만 수중분만은 겁이 나서 하지 않기로 했다. 다니던 병원에서는 제왕절개를 권했다. 노산이고 키가 작아서 자연분만은 위험하다고 강조했다. 그래도 포기가 되지 않아서 자연분만을 많이 하는 산본의 한 산부인과로 갔다. 그곳에서는 오히려 자연분만을 권했다. 문제 될 것이 없다는 거다. 이래서 병원은 여러 군데를 가봐야 하나 보다. 통증이 와서 남편에게 연락을 하고 나는 병원에 가 있었다. 남편은 얼굴이 굳어 있었다. 새로운 생명이 태어난다는 것에 대한 기대보다는 '또 딸이구나' 하는 실망만이 묻어있는 얼굴이었다.

그때의 배신감과 절망은 두고두고 내 마음에 앙금으로 남아있다. 본인의 소망이 무너진다고 생각해서 그랬겠지만 분만을 앞둔 아내 앞에서 따뜻한 모습을 보여주면 얼마나 좋을까? 통증이 심해지고 호흡밖에는 다른 것을 할 수 없을 정도로 아플 때 분만실로 갔다. 절대 안 될 거라는 다른 병원의 말이 무색하게 세 시간만에 자연분만으로 아기를 낳았다. 물론 아무리 힘을 줘도 아직도 멀었다는 듯 고개를 절레절레 흔드는 간호

25

사의 표정을 볼 때 절망스럽기는 했다. 그런 자세로 힘을 주는 경험을 살면서 처음 해 보았으니 말이다. 나는 온 힘을 다 했는데 아직 아니라니…. 그러나 끝이 보였고 아기의 울음소리가 들렸다.

그때의 감동은 경험해보지 않은 사람은 모를 거다. 나 자신이 그렇게 자랑스러울 수가 없었다. 큰일을 해냈다는 뿌듯함과 대견함으로 가슴이 뻐근했다. 알아서 나와 준 아기가 얼마나 사랑스럽고 예쁜지. 그 순간 제일 생각나는 사람은 엄마였다. 갓 태어난 아기가 배 위에 있을 때 돌아가신 엄마를 생각했다. '우리 엄마도 나를 이렇게 낳았구나. 죽을 것같이 힘들게 낳아 키우셨구나' 하염없는 기쁨과 그리움의 눈물이 뺨을 타고 흘렀다. 남편의 태도 때문인지 엄마가 더욱 그립기만 했다. 살아 계신다면 나를 많이 도와 주셨을 텐데….

시간이 흘러 아기가 예쁜 짓을 하니 남편도 웃음을 되찾았다. 어느 날인가 베란다에서 아기를 모로 세우고 어르며 웃고 있는 남편을 보았다. 딸인 걸 알고 실망하더니 그래도 자기 새끼라고 예쁘긴 한가보다. 뒤통수에 꿀밤이라도 한 대 날리고 싶었지만 참았다. 출산 때 남편이 어떻게 하는가는 오랫동안 부부싸움의 주제로 등장한다. 당장의 갈등만 얘기하면 좋겠지만 꼭 출산 때 서운하게 했던 얘기까지 나온다. 그러면 눈물 바람을 하게 되고 눈물을 싫어하는 남편은 언성을 높이며 얘기한다. 좋을 게 없다. 잊을 건 잊어야 하는데 왜 잊히질 않는지. 아군이라고 생각했는데 알고 보니 적군인 듯한 느낌을 받아서일거다.

출산을 제외하고 병원에 오래 입원한 적이 있다. 급성신우염이었다. 그런 병이 있는 줄도 몰랐는데 손가락 하나도 까딱할 수 없게 아팠다. 동네 아주머니가 죽을 사다 주셔서 겨우 먹었다. 입원해 있는데 남편은 신문을 보고 있다. 물론 계속 와이프 옆에 앉아 있으려니 딱히 할 것이 없었을 거다. 여러 가지 사정이 여의치 않다 보니 신문을 봤겠지만 그 모습이 미웠다. 아파서 누워 있는데 자기는 태평하게 신문이나 보고 있다니. 뭘 하라는 게 아니고 상황이 이러한데 그 앞에서 세상 돌아가는 내용을 읽고 있는 남편이 못마땅했다.

지금도 생각난다. 어릴 적 아프다고 하면 얼른 약국에 가서 약을 사오시던 아빠. 따뜻한 아랫목에 눕혀놓고 계속 나를 지켜보던 엄마의 얼굴. 사과를 숟가락으로 갈아서 먹여주시던 정성스러운 모습. 남들도 그렇게 크는 줄 알았다. 나의 성장 과정을 남편에게 얘기하니 놀란다. 자기는 어렸을 때 단 한 번도 그런 경험을 하지 못했단다. 두 분이 농사짓느라 바쁘셔서 그런 극진한 간호는 받아 본적이 없단다. 어렸을 때 어떻게 컸는지는 중요하다. 아프면 옆에 붙어서 환자의 상태를 지켜보고 뭐가 필요한지 살펴보고 손이라도 잡아주고 해야 하는 거 아닌가?

남편은 내가 감기에 걸리거나 하면 쉬라며 방문을 닫고 나간다. 본인은 아플 때 그렇게 혼자 이불 뒤집어쓰고 푹 자거나 끙끙 앓고 병을 이기며 살아온 거다. 나와는 정반대다. 그러니 나도 그걸 원하는 줄 알고 조용히 쉬게 하려고 자리를 비켜주는 거다. 내 마음은 파악도 못하고. 나는 아플 때 누가 옆에 같이 있어 주며 돌봐주기를 원하는 아주 피곤한 사람으로 길들여졌나보다. 바라는 것이 많은 사람으로 말이다. 서로 원하는 스타일이 다르다 보니 배려라는 것이 오히려 오해의 소지를 낳는 행동이 되어버린다. 말을 해도 잘 고쳐지지 않고 이해도 잘 되지 않는다.

수면놀람증으로 고통을 겪고 있는데 이명까지 생겼다. 어느 밤 자다가 깨어서 화장실에 가는데 가늘게 오른쪽 귀에서 잡음이 들렸다. 가끔 피곤할 때 귀에서 윙 소리가 나다가 진정되면 소리가 없어져서 신경을 쓰지 않았다. 그런데 이번에는 달랐다. 소리도 확연히 들리고 지속됐다. 슥슥슥. 며칠이 지나니 소리는 선명해지고 불안감은 커졌다. 내가 아는 선생님들 중 몇몇이 이명으로 괴로워하는 것을 들은 적은 있는데 나에게도 이런 증상이 생길 줄이야. 소리는 점점 커졌다. 병원에 갔더니 혈액순환제만 주고 별다른 처방도 없다. 더 큰 종합병원으로 갔다. 온갖 검사를 다했는데 오른쪽 귀에 고음역대 난청이 있다는 거다. 그러면서 이명도 같이 온거다. 역시 처방은 혈액순환제였다. 그리고 10명이 함께 교육치료를 받았다. 이명은 우리 안에 갇힌 호랑이란다. 무섭긴 하지만 직접적인 위협은 없다는 거다.

물론 이명이 목숨을 위협하는 건 아니다. 그러나 일상을 위협하는 건 맞다. 듣고 싶지 않은 일상의 많은 소리들은 일시적이다. 또 자리를 피하면 듣지 않게 된다. 그러나 내 몸에서 들리는 이명은 그렇게 할 수도 없다. 계속 들린다. 의식하지 않으려 하면 할수록. 낮에는 큰 문제가 없다.

그러나 밤이 되면 얘기가 다르다. 모두 잠든 밤. 홀로 깨어 내 귀에서 나는 소리와 싸운다. 아무리 뒤척이고 잠을 자려고 해도 그럴수록 소리는 더 또렷해진다. 수면제를 먹고 약에 취해 잠든다. 매일 먹을 수는 없어서 며칠에 한 번씩 먹는다. 약은 내성이 있으니 많이 먹으면 나중이 더 힘들어진다. 의사들이 처방해 주는 약을 덥석 덥석 계속 먹을 수는 없다. 이런 시난고난한 상태가 계속된다면 금방 끝날 싸움이 아니기 때문에 무기를 좀 아껴둬야 하는 거다. 지금 그 무기를 다 써버리면 나중에는 무엇으로 막아낼 수 있을까? 약을 먹어도 잘 수 없는 상황이 온다면 견디기 어려울 것이다. 지금 힘들더라도 약 없이 버텨본다.

그렇게 하다 까무룩 잠이 든다. 그런 날은 아주 운이 좋은 날이다. 어느 날은 밤을 하얗게 새운다. 아니면 새벽 세네 시 경 잠이 든다. 하루의 기분이 어젯밤에 잠을 잤느냐 아니냐로 좌우된다. 약을 먹었는지 아닌지도 기분을 좌우한다. 약 없이 숙면한 날 제일 기분이 좋다. 이렇게 단순한 것에 내가 지배당하는 날이 올 줄이야. 귀에서 소리가 안 났으면 좋겠고, 약 없이 푹 잘 수 있는 날이 오면 좋겠다. 이런 것이 소망이 될 줄 몰랐다. 화려한 미래를 꿈꾸며 살던 내가 이렇게 될 줄이야.

수면놀람증으로 고생할 때 정신적으로 많은 고통을 당했다. 익숙하지 않은 증상으로 혼자 괴로울 때 남편에게 얘기했다. 해결해달라는 것이 아니고 내 아픔을 공감해 달라는 호소였다. 집에서는 심각한 얘기를 할 수 없어 차에서 얘기를 했다. 나는 괴로운데 남편의 반응은 싸늘했다. 아픈 것이 다 엄마에게 잘못해서 그런 거 같다고 내가 말했다. 엄마가 아 플 때 돌봐드리지 못해서 벌을 받은 거 같다고. 그랬더니 남편이 업보라 고 생각하란다. 나도 그렇게 생각하고 있는데 남편이 막상 그렇게 얘기 하니 많이 서운했다.

강이람은 '아무튼 반려병'에서 '또 아파?'의 반응은 다양한 스펙트럼을 갖는다고 얘기한다.

제1의도: (너는 자기 관리를 얼마나 못 하면) "또 아파?"라는 질타
제2의도: (걱정도 되고 안쓰러워서) "또 아파?"라고 하는 연민
제3의도: (지난주에 아팠는데 어떻게 다시) 또 아플 수 있지? 라고 묻는 놀람
제4의도: (그 정도 아픔에 너무 엄살 부리는 건 아닐까 싶어)정말 아 픈 건지 확인해보는 의심

내가 아프다고 할 때 분명 남편은 속으로 '또 아파?'라고 할 것이다.
위 스펙트럼중 제1의도와 제4의도가 섞여있지 않을까 싶다. '자기관리 를 하지 못해서 아픈 거야. 그리고 그 정도 아픔에 너무 엄살 부리는 거 아니야?'라는 느낌을 가질 것이다.
남편의 속마음을 어떻게 아느냐고 묻는다면 여자의 놀라운 초능력으 로 간파할 수 있다고 대답하고 싶다.

따뜻한 말 한마디로 아내의 기분을 어루만져주면 좋으련만 어쩜 그리도 냉정한지. 아무리 응석을 부려도 남편은 단호했다. 서운해하지 말라며. 인간은 어차피 혼자니 자신의 증상은 자신이 알아서 관리해야 한다는 요지의 말을 했다. 남편이 냉정한 사람인줄은 알았지만 그날은 칼로 살을 도려내는 것처럼 마음이 시리고 추웠다. 추운 벌판에 벌거벗고 혼자 서 있는 사람처럼 외롭고 막막했다. 혼자인 거 다 알고 스스로 관리해야 한다는 것도 안다. 그러나 옆 사람한테 얘기해서 위로를 받고 싶은 거다. 남편은 그런 걸 잘하지 못한다. 아니면 너무 가까운 사람이 아프니 본인도 겁이 나서 그런 걸까? 아니면 책임감? 그래도 일단 아픈 사람에게 위로를 먼저 해줘야 하는 거 아닌가? 이럴 거면 같이 살 이유가 무엇일까? 힘들고 외로울 때 힘이 되어주기 위해 가정을 꾸린 거 아닌가? 특히 아플 때 돌봐주기 위해 한 집에서 사는 거 아닌가? 남편의 단호한 태도에 상처를 받은 나는 꿋꿋해지기로 했다.

병원도 항상 혼자 다닌다. 남편도 혼자 병원에 간다. 자기가 그러니까 남들도 다 그래야 한다고 생각한다. 별 것 아닌 일에 호들갑 떠는 건 질색한다. 사실 나는 조그만 일에도 마음을 졸이는 성격이긴 하다. 그래서 지금은 티를 내지 않으려고 노력한다. 나이 50이 넘어서 몸이 안 좋은 건 당연하다. 매일 아픈 걸 티내다 보면 나에 대한 인상이 좋을 리 없다. 잠을 못 자도, 컨디션이 안 좋아도 내색을 하지 않으려 한다. 드러내 보이다 보면 한도 끝도 없고 매일 인상을 써야 한다. 증상이 갑자기 좋아질 수도 없지 않은가? 조금씩 나아지기를 희망하며 오늘도 스스로 마음을 다독여본다. '미운 남편이라도 없는 것 보다는 낫겠지?' 하고 생각해본다. '몸도 노력하면 증상이 완화되겠지? 남편에게 위로받기 보다는 스스로 노력해서 내 몸을 좋게 만들어보자' 생각한다. 그래도 나를 따뜻하게 위로해주지 않는 남편이 미운 건 어쩔 수 없다. 미운 점이 많았는데 생각이 잘 나지 않는다.

책을 읽으며 위로를 받는다.

'내가 만약 어떤 괴로움에서 벗어날 수 있다면 괴롭히는 대상이 없어져서가 아니라 그것을 받아들이는 나의 태도가 달라졌기 때문이다.' - 은유 (글쓰기의 최전선)

나도 나의 병을 대하는 태도를 바꾸기로 수없이 다짐해본다.

튼튼이 예쁜 남편

남편은 주말에만 집에 온다. 강원도 전역과 경기도를 다니며 운동기구 설치와 관련된 일을 한다. 사우나에서 숙박을 해결한다. 제대로 된 숙박 시설에 가서 잠을 자라고 해도 돈이 아깝단다. 사우나에서 매일 잔다는 건 상상만 해도 피곤한 일인데 그래도 사우나를 하면 피로가 풀리기 때문에 괜찮단다. 지나치게 긍정적인 건지, 아니면 그렇게라도 해야 현실을 잊을 수 있는 건지 모르겠다. 그것부터가 남편의 인내심을 보여준다.

남편은 운전을 많이 하다 보니 허리가 아프다. 차가 막히면 보통 집에 오는데 4시간 정도 걸린다. 일도 힘들 때가 많다. 야외에서 일을 할 때가 있는데 여름에는 뜨거운 뙤약볕에서 땀을 줄줄 흘리며 작업을 한다. 그렇게 일을 하고 얼굴이 새카맣게 타서 집으로 돌아온다. 그래도 언제나 웃으며 들어온다. 일주일 내내 힘든 작업을 하고 여러 시간 운전을 하고 올라왔는데도 웃는다. 쉽지 않은 일이다. 그리고 짜증을 내지 않는다. 자신이 하는 일을 드러내지도 않고 힘든 내색도 하지 않는다.

술이 한잔 들어가면 그제서야 이러저러한 일이 있었는데 해결했다고 과정을 설명한다. 들어줄 사람이 있어서 행복하다며. 나는 적당히 안주를 집어 먹으며 술친구 노릇을 한다. 그나마 둘이 좀 통하는 건 술을 좋아한다는 거다. 논알콜 맥주를 마시며 남편과 앉아 얘기하다 보면 기본 2,3시간은 훌쩍 지나간다. 리액션은 필수다. 들어보면 얼마나 고생했을지 견적이 나온다. 나와는 레벨이 다르다는 생각이 든다. 남편도 저 일이 즐겁고 재미있어서 하는 건 아닐 텐데. 생계를 위해서 하는 일인데 힘들었어도 화를 내지 않는다. 나는 학교에서 벌어지는 자질구레한 일에도 짜증을 많이 냈는데. 지금의 일을 하기 전 결혼 초에 다른 일을 할 때도 마찬가지였다. 남편은 집에 들어올 때 찡그린 얼굴로 들어오지 않는다. 집에 와서 가끔 설거지도 하고 요리도 한다. 맛있는 국도 끓이고 아이들에게 볶음밥도 만들어 준다. 주말에는 서류 정리 작업 등의 일까지 한다. 그에 반해 나는 늘 피곤한 얼굴을 했다.

또 놀라운 것은 장점인지 단점인지 모르겠는데 검소하다. 지나치게 검소하다. 자신을 위해서 돈을 쓰지 않는다. 여행도 내가 가자고 해서 가는 경우가 대부분이다. 특히 해외여행은. 내가 먼저 가자고 하지 않으면 아마 남편은 평생 어디로든 다니지 않을 거 같다. 간다고 하면 산 정도일 것이다. 주중에 워낙 많이 돌아다니다 보니 주말에는 오로지 집에서 편히 쉬고 싶은거야 이해하지만 원래 성격도 있다. 외부세계에 대한 궁금증이 별로 없다.

나는 새로운 충전이 필요하다며 방학 때마다 해외여행을 가려고 했다. 그때마다 남편은 일이 바쁘다며 마지못해 시간을 냈다. 항상 일이 먼저고 생활력이 강하다. 나는 남편에게 "굶어 죽을 일은 없겠네" 하며 놀린다. 해외에 가서도 전화 받고 카톡을 하느라 정신이 없다. 나와 딸들은 사진 찍고 먹고 구경을 하는데 남편은 일 생각에 제대로 즐기지도 못하는 거 같다. 자신은 쓰지도 않는 돈을 벌기 위해 불철주야 애쓰는 남편이 믿음직스럽긴 하다. 옷도 내가 사다줘야 입는다. 사다주면 일절 불평이 없다. "좋네" 한마디가 끝이다. 속옷, 양말 다 사다 줘야한다. 본인 손으로 원해서 사는 법이 없다. "뭐 필요한 거 없어요?"하면 늘 없단다. 남편 입에서 필요한 게 있다고 얘기하면 그건 정말 필요한 거다. 본인이 검소하니 가족들에게도 그걸 요구한다. 나는 월급을 받지만 돈을 마음 편히 써본 적이 없다. 집은 17년째 같은 집에 살고 있는데 리모델링을 못하고 있다. 리모델링에 드는 돈이 아깝다는 거다. 가스레인지는 너무 노후 되어한 번에 켜지지 않는다. 어떨 때는 세 번을 시도해야 겨우 켜진다. AS를받으려고 문의를 하니 부품이 없어서 교체가 안 된단다. 그러면 새로 사야 하는데 돈이 아까우니 차일피일 미루고만 있다. 내가 왜 이렇게 살아야하나 하는 생각도 들지만 그래도 이렇게 절약하는 남편이 옆에 있으니그나마 노후 대비를 할 수 있지 않나 하는 고마움도 있다.

검소함의 연장선으로 얘기하자면 까다롭지가 않다. 옷도 고를 줄 모르고 물건에도 애착이 없으니 사다 주는 모든 것에 만족한다. 본인이 깔끔을 떨지 않으니 그걸 나에게 요구하지도 않는다. 내가 직장 생활하며 아이 둘을 키우다 보니 집이 깨끗하게 유지 되는 건 어렵다고 생각해서 그런지 별로 불만은 없어 보인다. 여행지를 고를 때도 그렇다. 나는 하나하나 빈틈 없이 준비를 하는 타입이라면 남편은 숙소와 비행기 티켓만 있으면 오케이다. 변수가 생겨도 거기에 뭐라고 불만을 얘기하지 않는다. 예약한 숙소와 여행지에 대해 언제나 대만족이다. 어떻게 이런 곳을 알아냈냐며 과장 섞인 칭찬을 한다. 준비하는 사람은 기분이 좋다. 남자가 시시콜콜 참견하고 꼬투리를 잡으면 피곤할 거 같다.

반찬도 내가 뭘 해주든 감사히 잘 먹는다. '왜 똑같은 걸 주느냐? 왜 짜냐? 싱겁냐?' 등의 말이 없다. 맛있게 먹는다. 싱거우면 본인이 알아서 소금을 뿌리고 짜면 물을 부어 먹는다. 미안해하는 건 나의 몫이다. 해주는 것만 해도 감사하단다. 그래도 입에 들어가는 거라 맛이 없으면 티가 날 텐데 그러지 않으려고 노력하는 거 같다. 신혼 초 콩나물국 하나 끓이지 못하는 내가 해내는 반찬이 얼마나 맛이 없었겠는가? 지금도 그렇게 요리를 잘하는 편이 아니다. 그래도 한 번도 불평하는 걸 들어본 적이 없다. 그래서 내 요리 솜씨가 아직도 이 모양인지도 모르겠다. 밥상머리에서 다 큰 성인 남자가 맛이 있네, 없네 하며 인상을 쓰는 것은 보기에 좋지 않다. 남편은 누가 뺏어 먹는 것도 아닌데 참 맛있게 먹는다. 그래서 고맙다. 예쁠 때가 많았는데 더 생각이 나질 않는다. 내가 쓴 노래 가사로 대신 해본다.

소중한 클리셰

그대 집에 들어오는 소리 언제나 설레는 맘

식탁 위에 우리 하루를 풀어놓네

햇살 좋은 카페에서 책한 구절 라떼 한잔

그대와 나는 서로를 바라보네

작은 오해로 토라져도 농담 한번에 웃음 짓고

미워 싫어 얘기해도 내 맘 속엔 그대뿐

사는 게 뭔지 잘 몰라도 나는 언제나 그대와 영원히 함께 하고 싶어

소중한 클리셰 그대 없인 나는 바보가 돼

클리셰 클리셰 나는 아무것도 할 수 없네

어제 만난 사람처럼 그대 얼굴 보기 좋아

알아도 또 궁금한 그대는 나의 비밀

행복이 뭔지 잘 몰라도 다른 그 무엇보다 더 그대는 정말 꼭 필요해

소중한 클리셰 그대 없인 아무 의미 없어

클리셰 클리셰 그대 없인 모두 공허하네

소중한 클리셰 그대 없인 모두 물거품야

클리셰 클리셰 그대 없인 모두 사라지네.

클리셰의 사전적 의미는 '상투적인 문구'다. 하나 마나 한 말. 별다른 것

없이 그저그런 말이다. 그대가 없으면 나는 바보처럼 아무것도 할 수 없다든지 모든 것이 공허해진다든지 한다는 말은 많이 들었다. 대중가요나 문학작품, 상업적인 문구에서조차 많이 나온다. 더 이상 신선함은 없다. 그러나 이 얼마나 큰일인가? 사람 하나 없어지면 모든 것이 공허하고 아무것도 할 수 없는 지경이 되어버린다는 거다.

내가 말하고자 하는 것은 이 말들이 흔하지만 참 소중하다는 것이다. 당신이 없다면 나는 바보가 되어버려 아무것도 하고 싶지 않다. 당신이 옆에 없으면 무엇을 해도 의미를 찾을 수 없다. 당신이 없어지면 당신과 함께 모든 것이 사라져버리는 느낌이다. 남편이랑 사이가 아주 좋을 때 쓴 가사라 노래를 녹음할 때 몰입이 안 되어 좀 고생을 했다. 그러나 오랜 시간 함께 해 오며 쌓아온 정이랄까? 사랑과는 결이 다른 느낌이 마음 저 깊은 곳에 도저하게 흐르고 있다는 그런 말이다.

2

혼자
또 같이

프리마돈나

　유명한 김창옥 강사는 이런 말을 했다. 무용과 교수에게서 들은 발레에 관한 이야기란다. 발레에는 군무가 있고 솔로이스트가 있고 프리마돈나가 있다. 군무는 여럿이 같은 동작을 하는 것이다. 솔로이스트는 그다음 단계다. 혼자 한 파트를 맡아서 하는 것이다. 그 위 단계가 프리마돈나라고 한다. 프리마는 최고라는 뜻이고 돈나는 여자라는 뜻이다. 남자와 함께 추는 무용수다. 즉 군무에서 솔로이스트로 그리고 프리마돈나로 올라가는 것이다. 즉 솔로이스트로 완벽한 발레를 할 수 있을 때에야 마지막으로 프리마돈나가 되어 남자 발레리노와 함께 동작을 할 수 있다. 이처럼 결혼생활도 혼자 설 수 있을 때에야 둘이 잘 해낼 수 있다는 내용의 강연이었다.

　우리는 결혼을 하면 외롭지 않을 거라 생각한다. 배우자와 함께 생활을 하면 정신적인 허기가 채워지리라 기대한다. 그러나 현실은 그렇지 않다는 것을 결혼한 사람들은 알고 있다. 완벽한 솔로이스트가 되어야 한다. 그래야만 누구와 함께 살아도 온전히 의지하지 않고 살 수 있다. 혼자 있어도 외롭지 않고 독립적인 자아가 되어야 한다는 것이다. 그렇지 않으면 상대방에게 의지하려고만 한다. 바라는 것을 해주지 않으면 원망하게 된다.

기본적으로 남자와 여자는 다르다. 나에게는 큰일이지만 남편은 별로 놀라지 않는다. 리액션이 별로 없고 놀라지 않는 남편이 이상하다. 남편은 별일 아닌데 호들갑 떠는 내가 이상할 것이다. 언젠가 동생과 얘기를 나눈 적이 있는데 동생도 그런 말을 했다. 큰일이라고 생각하고 남편에게 얘기했지만 전혀 동요가 없었다는. 그래서 우리는 '아마 남자들은 놀라지 않기로 약속을 했나보다'고 하며 웃었다. 물론 속으로는 놀랐겠지만 별 내색이 없다는 거다.

　요즘은 우리 때보다 훨씬 결혼을 결정하기가 어렵다. 경제적인 이유가 우선할 것이다. 팍팍해지는 현실은 젊은이들을 달콤한 결혼의 환상에서 점점 멀어지게 만든다. 불안한 고용시장과 불안정한 경기는 누구 하나 안정적이라고 말할 수 없는 상황이다. 또한 어려서부터 특별한 존재로 길러진 아이들은 무시당하거나 자존심이 상하는 경우를 참기 어려워한다. 자신의 취향이 중요하고 다른 사람과 타협하거나 조율하는 것이 점점 어려워진다. 그러기가 싫기도 하고 그럴 준비가 덜 되어 있기도 하다. 모든 것이 촘촘히 연결 되어지는 결혼생활에서 얼굴 안 붉히고 지내려면 수많은 양보와 타협과 배려는 필수다. 사랑으로 모두 덮기에는 그 범위가 넓고 다양하다.

　결혼해서 행복해하는 사람보다 후회하는 주변 사람을 많이 본다면 젊은이들은 더욱 결혼을 결정하기가 쉽지 않을 것이다. 급증하는 이혼율의 통계는 결혼하려는 젊은이들의 결정을 미루게 한다. 이런 상황에서 외롭다고 혹은 상대방에게 호감이 있다고 덜컥 긴 세월을 함께 하자 약속하기가 쉽지는 않을 것이다. 원하는 조건을 다 갖추고 있다고 해도 둘이 그려나갈 그림에 어떤 돌발 상황이 생겨 작품을 망치게 될지 아무도 알 수 없다. 좋은 조건이 좋은 결혼생활을 만들어내지는 않으니 말이다. '내 작은 출판사를 소개합니다.'에서 최수진 작가는 이렇게 말한다.

'갑자기 요즘 회자되는 스펙이라는 단어가 떠오른다. 과연 스펙이 훌륭한 사람이 일을 잘할까? 그렇기도 하지만 그렇지 않기도 하다. 스펙을 쌓아서 내부적, 그러니까 우리 두뇌라고 하는 블랙박스에서 화학작용이 일어나 발효가 잘되면 당연히 좋은 출력이 나온다. 좋은 출력은 일을 잘하는데 도움이 된다. 하지만 스펙만으로 발효가 잘 이루어진다는 보장은 없다. 블랙박스에는 최소한 수 천 개의 변수가 존재해서 출력의 질을 좌우하기 때문이다. 그렇다면 출력을 좋게 하는 방법은 도대체 무엇일까?'

결혼도 마찬가지다. 아무리 내가 원하는 조건을 다 갖춘 사람이라고 할지라도 나와의 화학작용이 어떨지 그건 살아봐야 아는 것이다. 쉽게 환불이나 교환을 할 수 있는 물건 구매가 아니다보니 결혼은 조심스러울 수밖에 없다. 수 천 개의 변수가 존재하는 결혼생활을 남녀 두 사람은 어떻게 잘 해나가야 할까? 그 방법은 도대체 무엇일까? 방법이 있기는 할까?

햇빛으로 옷을 벗겨라

징징대는 것도 습관이다. 어떤 결말이 나올지 뻔히 알지만 습관이라 멈출 수가 없다. 남편은 이미 잊어버린 일을 나는 들추어낸다. 몸이 힘들고 기분이 안 좋으면 공격한다. 남편은 처음에는 속수무책으로 당하기도 하고 들어주기도 했다. 그러나 나이가 들면서 자기도 갱년기란다. 요즘은 말을 꺼내지도 못하게 한다.

아침에 눈 뜨자마자 누워서 목사님의 설교를 듣기도 한다. 나의 사특함이 눈 녹듯이 정화되는 느낌에 행복하다. 고요한 새벽 아침 이불 속에서 듣는 목사님의 말씀은 은혜롭다. 하루를 시작할 용기가 생긴다. 그러나 그것은 설교를 들을 때 잠시뿐이다. 사탄은 얼마나 호시탐탐 나를 노리는지.

얼마나 잠을 못 자는지, 몸에 어떤 이상한 증상이 있는지 남편에게 얘기하고 싶다. 그러면 주님의 음성이 들리는듯하다. '하지 마라, 할 만큼 했다. 더 이상 하면 남편이 너를 떠날지도 몰라' 하지만 잠시 후 남편에게 하고 싶은 말이 넘쳐흘러 폭포를 이룬다. 다시 주님의 음성이 들린다. '얘야, 나에게 말을 해라. 남편은 너와 똑같은 인간이야. 아무것도 해줄 수 없어. 해봐야 소용없어' 그러면 조금 마음이 가라앉는다.

이런 생각을 하루 종일 한다. 일을 안 하고 집에 있으니 오로지 남편에 대한 생각만 하게 된다. 그리고 '앞으로 나의 인생은 어떻게 되는 걸까?' 라는 염려가 앞선다. 크리스천이면 사실 걱정도 하지 말아야하는데. 성경 말씀대로 늘 기뻐하고 감사하며 쉬지 말고 기도해야하는데. 물론 감사하다는 생각도 하고 기도도 아침저녁으로 한다. 그러나 대부분의 시간에는 아픈 몸과 앞으로의 일에 대한 걱정을 한다. 의지가지없는 것 같은 내 처지가 슬프다.

사실 몇 년 더 일을 하고 전 세계를 마음껏 돌아다녀 보고 싶었다. 그런데 이제는 덜컥 겁이 난다. 우리나라를 벗어나기만 해도 무서울 것 같다. 코로나가 터지기 직전인 2019년 여름 중1인 딸과 겁 없이 런던을 자유여행으로 다녀온 일이 까마득한 옛날 일 같다. 과거로 돌아갈 수만 있다면 얼마나 좋을까? 아프기 전으로 돌아가고 싶다는 생각이 들었다. 후회하면 무슨 소용이 있단 말인가? 제일 현명한 것은 긍정적으로 생각하는 거다. 그냥 지금의 상황을 받아들인다. 이 상황에서 할 수 있는 최선의 것을 선택한다. 지금이 가장 건강한 상태라고 생각한다.

주로 대화를 하고 싶어 하는 건 아내인 경우가 많다. 우리 집도 그렇다. 나는 늘 대화에 목말라 있고 대화로 모든 걸 풀어야 한다. 남편은 조금 불편한 얘기를 하려고 시도하면 컴퓨터 모니터만 쳐다본다. 속에서 열이 난다. 남편의 옆모습을 쳐다보며 할 말을 쏟아 붓는다. 남편은 듣는지 마는지 나를 쳐다보지도 않는다.

부부는 외줄에서 떨어지지 않기 위해 서로를 잡아 주어야 한다. 외줄에서 떨어지면 서로에게 치명타를 입는다. 아이들이 받는 상처는 말할 것도 없다. 매일 장애물을 만나며 부부는 산을 넘고 또 넘는다. 어떤 장애물에서는 멈추고 싶고 돌아가고 싶고 포기하고 싶다. 그러나 조금만 자기를 낮추고 상대방을 이해하고 포용하면 힘겹지만 또 극복해낼 수 있다. 사실 교사라는 직업은 나에게는 선택해야만 하는 직업이었다. 그때 상황이 그렇게 전개되었다. 천직으로 알고 사명으로 받아들이고 하지는 않았다. 매일 반복되는 일상과 잦은 학생들의 일탈, 하루 5분도 짬을 내기 어려운 근무패턴에서 여유라고는 없었다. 딸 둘을 오롯이 남편과 둘이 키워내다 보니 숨 쉴 틈이 없었다. 40대 초반부터 근육이 아프기 시작해 침도 맞고 마사지도 받고 근육주사도 맞아보았다. 몇 년 전부터는 아침에 눈뜰 때부터 머리가 아프고 어떨 때는 눈도 빠질 듯이 아팠다. '교사는 칼 퇴근에 방학도 있지 않냐?'라며 부러워한다. 제시간에 퇴근하는 교사는 거의 없다. 그러려면 점심밥을 5분 만에 서서 먹어야한다. 화장실 갈 시간이 없다고 하면 누가 믿겠는가?

학생이 속을 썩이든, 동료 교사와 갈등이 있든, 관리자가 욕심을 내서 행사가 많든, 학부모가 집요하게 괴롭히든 해마다 고난은 늘 있다. 단지 그해에 정도가 심하냐 그렇지 않냐 이다.

교사를 더 해야 하나 말아야 하나의 문제로 갈등을 빚어오던 남편과 나는 그 주제만 나오면 심하게 부딪히곤 했다. 그러다가 내가 결정적으로 갱년기 증상이 심하고 약이 아니면 잠을 잘 수 없는 상황이 되자 남편이 슬그머니 얘기한다. '힘들면 쉬어' 그 말을 남편 입에서 먼저 나오게 하기까지는 오랜 시간이 걸린 것이다.

그러다가 어느 날은 산을 걷는데 깨달은 것이 있다. 쭉 뻗은 긴 오솔길이었다. 어느 구간은 눈이 녹아있고 어느 구간은 얼어 있다. 똑같은 길이고 눈이 동시에 내렸건만 구간마다 걷는 느낌은 확연히 달랐다. 눈이 말라 건조한 곳은 사람을 편안하게 해주었다. 눈이 얼어 미끄러운 구간은 걷기에 힘이 들었다. '따뜻한 빛은 눈을 녹여 주는구나.' 이게 뭐 그리 새삼스러운 얘기냐고 할 수 있다. 사람에게 적용을 해 보았다. 특히 나에게 말이다. 남편에게 따뜻한 빛을 주지 못했다. 그래서 남편의 마음이 얼어있는 건 아닐까? 남편의 마음을 녹이려면 내가 따뜻한 말을 많이 해주어야 하는데 말이다.

웃는 얼굴, 따뜻한 위로의 말을 하면 당연히 남편 마음의 얼음은 녹을 것이다. 그리고 나에게도 걷기 편한 길처럼 여겨질 것이다. 이렇게 생각하니 그늘진 얼굴, 불편한 말은 되도록 하지 말아야겠다는 생각이 들었다. 이런 결심이 얼마나 갈지는 모르겠지만.

중년의 성

이 주제로 글을 쓰기 전에 주저함이 없었다면 거짓말이다. 망설였다. 그러나 과감히 쓰기로 한다. 둘이 여행을 다닌 것에 대한 내용과 동시에 둘의 관계에 대한 내용도 중요하게 다루고 싶었다. 다른 모든 관계와 다르게 부부에게는 특별한 것이 하나 있다. 부부관계. 밤에 나누는 은밀한 사랑의 언어. 평범한 부부의 성생활이 뭐 그리 특별할 게 있겠냐만 우리의 얼굴이 모두 다르듯 각 커플의 성생활도 제각각 다를 것이다.

40대까지만 해도 젊었다. 부부생활에 크게 불만이 있다거나 힘들다는 생각은 하지 않았다. 젊었을 때는 '나이 든 사람들도 부부생활을 할까? 지겹지 않을까? 다 늙어빠진 몸뚱아리에 서로 무슨 매력을 느낄까? 성욕이 생기긴 할까?' 이런 생각을 했다. 하지만 우리 부부도 어느덧 50대가 되었다. 젊은이들과는 비교가 안 되겠지만 부부관계는 중요하다. 우리가 지금 50대이니 지금의 얘기를 하겠다.

부부관계를 해야만 사랑하는 건 아니고 그저 남자의 생리적 욕구를 해결해주는 일에 몸을 바쳐야 하는 여자의 입장에서는 횟수는 중요하다. 쓸데없는 에너지를 쓴다는 생각이 드는 것이다. 그저 가정의 평화와 남편의 정신적 건강을 위하여 희생 봉사한다는 신념만 있을 뿐이다. 이 문제에 관한 한 합의가 필요하다. 일 년에 한 번으로 만족스럽다는 것에 둘이 합의가 된다면 아무 문제가 없다. 또 둘이 부부관계를 즐기고 중요하다고 생각해서 일주일에 한 번 사랑을 나누는 것에 동의한다면 갈등이 없을 것이다.

들여다보면 부부마다 사연이 없는 부부는 없다. 그 사연 중에 말하지 못하는 것이 아마도 둘의 성에 대한 생각 차이일 것이다. 남들에게 드러낼 수 없으니 그저 성격차이라고 말하겠지만 부부에게 중요한 성생활이 배우자와 원만히 이루어지지 않을 때 부부관계는 깨어지기 쉽다. 노래 가사에도 있다. 백지영의 '사랑 안해'. '나를 만지는 너의 손길 없어진 이제야 깨닫게 되었어. 네 맘 떠나간 것을' 서로를 만지냐 아니냐로 상대방의 마음이 뜨거운지 식었는지 가늠한다는 것을 단적으로 나타낸 가사이다.

문제는 둘의 니즈(needs)가 엇나갈 때 생긴다. 남자가 더 원하거나 혹은 여자가 요구하는데 상대방이 응하지 않으면 서로에게 불만이 쌓이기 마련이다. 서로 절충점을 찾기 위해 노력해야 하는데 쉽지만은 않다. 본능이라는 어마어마한 틀 속에 있는 것이기 때문에 해결 안 된 한 쪽이 배우자 외의 다른 파트너를 찾아 헤맬 수 있다. 운 좋게 서로에게 들키지 않거나 원나잇으로 끝날 수도 있지만 어디 인간의 만사가 그리 단순하던가? 육체적인 관계가 만족스러우면 더 깊은 관계로 발전할 가능성이 크다. 딱히 새로울 것 없는 오래된 부부생활에서 생활의 구질구질한 얘기

만 하던 배우자와 달리 따뜻하고 열정적으로 안아주는 다른 상대가 나타
난다면 소위 말하는 불륜이 될 가능성은 높다.

다른 부부의 성은 어떤지 궁금하긴 한데 알 수 있는 방법은 없다. 아직
도 우리문화권에서 성은 드러내놓고 얘기하기에는 꺼려지는 카테고리
이기 때문이다. 또 전문가에게 상담을 하지 않는 한 누구에게 털어놓는
다고 해도 해결될 수 있는 가능성이 높지 않다. 그저 운이 좋아 속궁합
이 잘 맞는 배우자를 만난 거고 운이 좋지 않아 그렇지 않은 사람을 만
났다고 포기하고 살기에는 꽤 중요한 문제라는 것 정도만 짚고 넘어간
다. 한 가지 제안하고 싶은 것은 색다른 환경을 가지려고 노력해보라는
거다. 우리도 아이들이 어릴 때는 항상 여행을 같이 다녔다. 그런데 딸들
이 크고 엄마 아빠를 잘 따라다니려 하지 않는 때가 온 것이다. 우리 부
부는 등산을 좋아한다. 그래서 주로 산을 정해놓고 그 주변의 숙소를 알
아본다. 등산으로 노곤해진 몸과 주변 식당에서 취향대로 맛있게 먹은
흥겨운 기분이 서로의 몸을 터치하기에 좋은 분위기를 만들어준다. 샤
워를 하고 술이라도 한잔 들어가면 흥이 돋아 마음속에 있는 얘기를 꺼
내놓는다. 그러다 보면 어둠이 내리고 둘만의 오붓한 시간이 무르익는
다. 집과는 다른 분위기, 둘만 오롯이 있는 공간, 조금만 마음을 열고 서
로를 받아들이면 색다른 느낌을 연출할 수 있다. 더 깊은 얘기를 여기서
할 수는 없지만.

상대방의 약점이나 신체적 결함을 찾기 보다는 좋게 봐주려는 시각을

극대화해서 안아주려 애써본다. 신혼 때와 같은 분위기의 설렘도 느낄 수 있다. 그러면 게임 끝이다. 서로를 정신적으로나 육체적으로 온전한 내 반쪽으로 받아들이기에 이보다 좋은 타이밍은 없다. 어쩌다 있을법한 이런 강렬한 기억으로 또 한참을 견딜 수 있다. 어떻게 매일 좋고 설렐 수 있을까? 불가능한 얘기다. 찰나처럼 지나가는 좋은 기억으로 우리는 평범한 하루하루를 버텨낼 수 있는 것이다. 여자 눈에 남편이 매일 상남자로 보일 리 없고 남자 눈에 아내가 매일 공주처럼 예뻐 보일 수는 없다. 그러나 의도적으로 분위기를 바꿔보려는 노력을 한다면 우리의 일상은 기름칠 잘한 기계처럼 한동안 잘 굴러갈 수 있다. 노력도 안 해보고 왜 이렇게 기계가 녹슬었냐고 탓해본들 무슨 소용이 있을까?

선색 후담

여자는 말로 풀어야 하고 남자는 몸으로 풀어야 하는 것 같다. 대체적으로 여자는 머리로 이해되고 감정적으로 받아들여져야 남편과 관계를 맺고 싶은 마음이 든다. 충분한 대화와 소통이 선행되어야 남자를 온 몸으로 받아 줄 수 있다. 그런데 남자는 아닌 듯싶다. 물론 그렇지 않은 남자들도 있겠지만. 일단 몸으로 서로 사랑을 해야 그 다음 대화를 이어갈 수가 있다. 여자의 말을 들어주고 싶은 생각이 드는 것이다.

남편은 모든 걸 미래로 미루면서 왜 이건 미루지 않는지 참 궁금하다. 여행도 소비도 아파트 리모델링도 모두 나중에 하자고 하면서 왜 자신의 욕망은 미루지 않고 따박따박 요구를 하는지…. 앞으로 우리가 살날이 많으니 자주 하지 않아도 된다고 얘기하면 남편은 그나마 젊을 때 즐겨야한단다.

나에겐 별로 중요하지 않은 욕망이다 보니 남편의 요구를 매번 들어준다는 심정으로 응하게 된다. 보통 피곤한 일이 아니다. 솔직히 얘기하면 아이들이 없이 집에 둘만 있는 시간이 매우 두렵다. 남편의 요구는 언제나 일관되고 집요하다. 원하는 것을 해 줄 마음이 없어 거절해야하는 입장도 쉬운 건 아니다. 남편은 프랑스 사람들처럼 일주일에 한 번이 적당하다고 생각하고 나는 한 달에 한 번도 많다고 생각한다. 1년에 두 번 정도만 사랑을 확인하면 된다고 얘기한다.

우리 부부는 다행히 남편이 아직은 나를 여자로 취급해 주어 원만한 관계를 유지하고 있지만 앞으로 어떻게 될 지는 아무도 모른다. 방문만 열면 뭘 하는지 훤히 들여다보이는 아파트의 특성상 부부가 숨을 곳은 없다. 문제의 발단은 남편의 코골이로 각방을 쓰면서 생긴다. 밤에 잠을 같이 잘 수 없으니 자연스레 관계를 맺기가 어렵다. 따로 시간과 장소를 물색해야하는데 대부분의 시간에 자녀와 함께 집에 머문다. 그렇다고 모텔이나 돈이 많이 드는 호텔을 갈 수는 없는 노릇이다. 어떻게 그 세월을 보내 왔는지 모르겠다. 아마 각 가정마다 웃지 못 할 에피소드들이 넘쳐 날 거다. 한창 사랑을 나누고 있는데 아이들이 현관문 비번 누르는 소리가 들려 남편이 급히 일어나다가 갈비뼈에 담이 걸린 적도 있다.

나는 일단 피곤해서 응하고 싶지 않은 경우가 대부분이다. 늘 일에 찌들어 살았고 육아와 집안일로 몸은 만신창이다. 감정이 일지도 않고 아무런 욕망이 없다. 그러나 결혼생활은 나 좋다고 내 생각만 할 수는 없다. 싫다고 상대의 욕구를 깡그리 무시할 수도 없는 것이다. 얼마나 모든 것이 유기적으로 얼기설기 얽혀있는지. 몸도 그렇게 얽혀야한다는 것이 좋을 때도 있고 그렇지 않을 때도 있다. 솔직히 말하자면 내가 원하는 정도는 딱 키스까지다. 따뜻하게 서로를 껴안아주고 키스정도까지 하면 참 좋겠다. 그러나 남편은 나와 달라도 너무 다르다. 그건 안중에도 없다. 시작하면 꼭 끝을 봐야 한다.

　우리는 이 문제로 가끔 갈등을 겪어 왔다. 나는 심각하게 고민해 본적
도 있다. 원하는 대로 해주기도 귀찮고 안 해주자니 사이에 금이 갈 거
같고. 적당한 선에서 서로 조율하고 타협하는 것밖에 따로 좋은 방법은
생각나지 않는다.

　우리는 남편이 주말에만 오기 때문에 둘이 서로 붙어 있을 시간이 절대
적으로 부족하다. 그러다가 남편이 한가한 시간이 2주 가량 있었다. 물
론 2주 동안에도 집에서 서류작업등을 꾸준히 했다. 집에서 숙박을 한
것이다. 한방은 쓰지 못하지만 잠이 깨면 남편이 내가 자고 있는 방으로
건너왔다. 잠이 덜 깬 새벽 어스름 때만큼 애로틱한 시간이 또 있을까?
어둠속에서 서로의 향을 느끼며 한참을 껴안고 있을 때의 따뜻한 느낌은
지구를 다 준대도 맞바꿀 수 없을 만큼 좋다. 매일 아침마다 이렇게 하는
부부도 있겠지만 우리는 평소에 이렇게 하지 못했기 때문에 더 좋았다.
둘이 조용한 요가 음악을 틀어놓고 몸을 밀착시키고 이런 저런 얘기를
한다. 껄끄러울 수 있는 얘기도 이 시간에는 부드럽게 넘어간다. 우리도
성난 호랑이, 사자처럼 싸울 때도 있다. 이러한 시간이 다시 올 거라고는
상상하지 못했다. 그런데 이렇게 2주간 지내고 나니 둘의 사이가 훨씬
말랑말랑해진 걸 느낄 수 있었다. 워낙 둘의 스킨십을 중요시하는 남편
을 나는 이해하지 못하고 무시했다. 마음도 없는데 만지기만 한들 무슨
애정이 생기겠냐며 타박을 했다. 그런데 아침마다 남편과 이런 시간을

짧게는 30분, 길게는 한 시간 가지다보니 애정도가 상승하는 느낌이 들었다. 그래서 남녀 간의 스킨쉽은 무시하지 못할 중요한 요소인가보다.

3

우리의
파랑새

핀란드가 부럽지 않아

바라산은 의왕 백운호수 근처에 있다. 백운 밸리가 지어지면서 아파트가 즐비하게 들어섰다. 이 주변은 호수가 있어 주변에 카페나 식당들이 많다. 호수와 산. 얼마나 마음을 편안하게 해주는가? 그러나 나에게는 와닿지 않았다. 주로 회식할 때 이곳 주변을 갔었는데 회식을 끝내고 귀가할 때면 차가 막혔다. 그래서 가까이 가지 않았다. 휴직을 하고 시간이 많아 다시 가보게 된 이곳은 다르게 다가왔다. 멀리 바라산이 보인다. 집에서는 양재천보다 바라산이 가깝다. 처음에는 백운호수를 둘러싼 호수

데크 길만 걸었다. 그러다가 지인이 소개해준 카페를 가게 되었다. 카페로(rrroh). 멋스럽게 지어진 건물이다. 연일 만석이다. 메뉴도 여자들이 좋아할만한 것으로 구성되어있고 커피 한잔을 마시기에도 좋다. 카페 뒤에는 숲길이 있다. 그곳이 바라산 초입이다.

남편과는 바라산, 백운산을 다녀왔다. 여기서 우리가 반하게 된 숲길이 있다. 임도숲길이다. 군데군데 전나무가 많이 보인다. '이거 어디서 많이 본 장면인데' 하다가 영화 한편을 떠올리게 되었다. '카모메식당'. 엄청난 인기를 누린 일본영화다. 주인공은 세 명의 일본인 여자들이다. 각자 다른 이유로 일본을 떠났다. 핀란드 헬싱키의 한 식당에서 우연히 만남을 이어나가는 훈훈한 이야기다. 배경이 핀란드이고 숲이 나온다. 세 명의 여자들은 대화를 하던 중 핀란드 사람들의 여유에 대해 말한다. 그리고 이유를 궁금해 한다. 그러자 뒤에서 묵묵히 커피를 마시던 현지인 핀란드 청년이 말한다. 숲이 있다고. 즉 그들은 숲에 자주 가고 숲을 즐긴다는 거다. 이 말을 들은 마사코는 바로 숲에 간다. 가지고 있던 손수건에 버섯을 따며 여유를 만끽한다. 잠시나마 현실의 괴로움을 잊지 않았을까? 그녀는 핀란드로 들고 온 트렁크를 분실한다. 아니 정확히 말하면 일본에서 핀란드로 오는 도중 트렁크가 분실된 것이다. 얼마나 답답하고 불안했을까? 이런 상황에서 여유를 찾기 위해 숲으로 간 것이다.

그 때 보았던 핀란드 숲의 장면과 내가 매일 다니다시피 하는 임도숲길의 모습이 닮아 있다. 산이 다 거기서 거기라고 생각할지 모르지만 그렇

지 않다. 자꾸 다녀보면 산은 저마다 강한 개성을 가지고 있다. 임도숲길
은 마치 핀란드의 숲 속을 거니는 듯한 착각을 불러일으킨다. 해외여행
도 자주 못가고 더군다나 유럽은 멀어서 가기가 어려운데 분위기라도 유
럽 같은 이곳 숲이 만족스러웠다.

남편과 많은 산을 다녀보고 여러 길도 걸어 보았지만 이렇게 넓은 길이 오래도록 계속되는 곳은 처음이다. 이곳은 또 송이 밸리와 비슷했다. 예전에 양양에서 걸었던 송이 밸리는 걷기는 좋은데 사람이 하나도 없어서 을씨년스러운 기분이 들었다. 그런데 이 임도숲길은 아래쪽에 대단지 아파트가 있어서 그곳 사람들이 많이 드나든다. 한적하지만 늘 사람들이 있다. 여자 혼자 걸어도 거리낌이 없다. 숲길을 걸으며 시詩도 지어보았다.

무명(無明)

꽃의 이름을 모르면 어떤가요?
그냥 미소한번 지어주면 될 것을

나무의 이름을 모르면 어떤가요?
그냥 든든하다 한번 어루만지면 될 것을

명함이 없으면 어떤가요?
따스한 눈인사로 환대하면 될 것을

고향을 서로 모르면 어떤가요?
고생하며 살아왔다고 그 마음 공감해주면 될 것을

그냥 모른 채 서로 다치게 하지 말고 살면 될 것을.

카페를 중심으로 오른쪽 왼쪽으로 갈 수 있다. 왼쪽으로 가면 바라산 자연휴양림과 캠핑장이 나온다. 숙박시설도 있다. 주변으로는 온통 숲 체험을 할 수 있도록 여러 가지 길들이 나 있다. 양쪽을 수시로 드나들었다. 오른쪽으로 가면 막다른 곳에 정육식당이 있다. 왼쪽으로 가면 생선구이 집이 있다. 두 군데 모두 들러보았다. 그곳들은 부차적으로 즐거움을 주는 곳이다. 임도숲길은 주변이 넓고 걸을 수 있는 흙길에 조금의 돌들이 있다. 굽이굽이 길이 꺾이고 약간의 경사도 있어 걷기 좋다. 우거진 숲속에 이렇게 넓은 길이 끝도 없이 펼쳐져 있다는 것이 믿기지 않았다. 가파른 등산로를 오르내리는 것도 좋지만 자주 걷기에는 이만한 길이 없다.

약 3개월 동안 이곳을 맨발로 걸었다. 맨발걷기는 남편이 추천해주었다. 여러 가지 증상으로 숙면을 하지 못하는 나에게 접지걷기(earthing)를 알려 준 것이다. 맨발 걷기가 좋다는 건 알고 있지만 실천하기에는 다소 꺼려지는 점이 있었다. 처음으로 든 생각은 '위험하지 않을까? 발바닥이 너무 아프면 어떡하지? 남들 보기 좀 창피할 텐데' 등등이었다. 그런데 잠을 푹 못자고 심리적으로 위축이 되다보니 남들 눈이 대수가 아니었다. 인터넷으로 자세히 알아보았다. 무수히 많은 자료들이 올라와 있었다. 각종 질병을 이 맨발걷기로 치료했다는 사례가 줄을 이었다. '맨발걷기의 기적'이라는 책을 쓴 박동창 박사의 강의를 다 들었다. 그러나 남들이 아무리 좋다고 한들 나에게 효과가 없으면 무엇하리요?

과감하게 실천해보기로 했다. 처음에는 신발을 어디에 둘지 몰라 들고 걸었다. 남편은 신발 끈을 묶어 목에 걸고 다녔다. 불편하고 보기에도 좋지 않았다. 그러다가 생각해낸 것이 차에다 신발을 벗어두는 것이다. 차를 등산로 입구 최대한 가까이 세워 두었다. 그리고 바람을 맞으며 천천히 맨발로 걸어 보았다. 평소에는 보이지 않던 유리조각들이 왜 이리 많은지. 줍고 줍고 또 주워도 유리 조각은 그 다음날 가면 어김없이 눈에 띄었다. 특히 엄지발가락을 많이 다쳤다. 조심해도 돌부리에 엄지발가락이 걸려 살갗을 다친다. 피도 나고 붓기도 했다. 새살이 돋을 때까지 조심해서 다녔다. 비온 다음날 물이 촉촉이 땅에 배어 있을 때가 가장 좋다고 한다. 걷다보면 가끔 맨발로 다니는 사람들을 만난다. 묘한 동지 의식이 생겨 인사도 건네 보고 몇 마디 대화를 나누기도 한다.

'산이 높으면 골이 깊다'고 했던가? 나의 증상들이 며칠, 몇 달 맨발걷기를 한다고 해서 드라마틱하게 좋아질 수는 없을 것이다. 그래도 희망을 갖고 맨발걷기를 해보련다.

가장 가까운 산

우리가 자주 가는 사색의 길이 있다. 지금 살고 있는 아파트 바로 뒤에 위치한 수리산이다. 우리 집은 베란다에서 산만 보이는 마운틴 뷰다. 이 아파트에서 17년을 살고 있는 이유다. 도저히 산을 버리고 떠날수가 없다. 이미 산은 내게는 아버지, 형제, 친구 아니 거의 신에 버금가는 존재다.

우리 식구들은 하늘을 자주 쳐다본다. 거실에서 머리만 오른쪽으로 돌리면 반은 하늘, 반은 산이다. 안방에서 창을 열면 달이 보인다. 어떻게 이 풍경과 이별하고 다른 곳으로 가겠는가? 처음에는 우리도 신도시 중심구역, 평촌역 앞에 있는 아파트에서 살았다. 19평이었는데 둘째를 낳자 사정이 급격히 달라졌다. 집이 좁은 것이다. 아기를 편히 눕히고 아기 용품을 늘어놓을 공간이 없었다. 아기의 몸집은 작지만 이불과 용품은 공간을 많이 차지한다. 안방에는 침대가 있고 작은 방은 좁다. 거실에 아기를 눕혔는데 소파 때문에 공간이 안 나온다.

남편에게 투덜댔다. 큰 딸은 아토피가 심한 상태였다. 어느 날 평소에 많은 구역을 돌아다니는 일을 하는 남편이 어느 아파트로 데리고 갔다. 그때 2개월인 둘째 딸을 안고 온 식구가 출동했다. 보자마자 아파트가 맘에 들었다. 베란다에서 보이는 산에 반했다고 해야 하나? 아토피가 심한 큰딸에게 좋은 공기를 마시게 해주자는 생각도 들었다. 갓 태어난 아기가 넓게 있을 수 있는 공간을 마련해주고 싶었다. 그렇게 급하게 아파트를 구했는데 우리는 17년째 살고 있다. 그만큼 자연이 주는 매력이 다른 조건들보다 힘이 강했다.

살다가 답답한 일이 생기면 베란다를 열고 산을 바라본다. 밤에는 별, 달이 보인다. 별이 선명히 보일 때는 신기한 생각이 들었다. 비가 오는 풍경, 비가 그치고 운무가 산에 걸쳐있는 풍경, 눈이 올 때는 장관이 따로 없다. 아이들도 어느새 산의 매력에 빠졌다. 처음부터 산을 다닌 건 아니다. 그저 거실에서 바라보는 것으로 족했다. 몇 년을 그렇게 코앞에 산이 있는 데도 등산을 하지 않았다. 그러다가 몇 년은 산을 열심히 다녔다. 또 다음 몇 년은 거들떠보지도 않고 다른 곳만 다닌다.

요즘은 시간이 많으니 아무래도 뒷산에 갈일이 많다. 마음이 평온해진다. 오르막과 내리막은 누가 일부러 우리를 운동시키려고 만든 코스처럼 되어있다. 우리는 둘이 구간도 정했다. 여기까지는 1포인트, 다음은 2포인트, 마지막 정상까지는 3포인트. 그날그날의 컨디션에 따라 어디까지 갈지를 정한다. 3포인트까지 완주하면 약 2시간이 걸린다. 가도 가도 늘 새롭다. 자연은 신기하게 질리지가 않는다. 어제 본 산이라도 오늘 또 새롭다. '왜 산에 다녀왔지?'라는 후회는 해본 적이 없다. 늘 내려오면 '오늘도 잘 다녀왔다.'라는 생각이 든다. 역시 파랑새는 가까이에 있다.

뒷산

가까이 있다고 우습게 보지 마라
오르막 내리막, 곧은 나무, 바위 모두 품고 있으니

쉽게 올수 있다고 함부로 생각지 마라
헛디디면 다칠 수 있고 한눈팔면 아래로 구를 수 있으니

사계절 함께 한다고 가벼이 여기지 마라
메마르면 뿌리는 물을 찾아 한없이 내려가고
언 땅 녹으면 제일 먼저 그대에게 알려줄 수 있으니

매일 올 수 있다고 외면하지 마라
그대 오는 날 다 세어 새겨두었으니

언제든 오를 수 있다고 교만 떨지 마라
그대 힘으로 오를 수 있는 날이 오래 가지 못할 수도 있으니.

생각은 꼬리를 물고

걷다보면 온갖 생각이 든다. 교사생활 30년이 주마등처럼 흘러간다. 의도적으로 생각하지 않아도 한 가지 일을 오래 하다 보니 생각이 자연스럽게 그쪽으로 흐른다. 첫 발령지부터 거쳐 온 학교와 크고 작은 사건들, 그리고 최근의 일까지 떠오른다.

얼마 전 첫 발령지인 평창에 다녀오기까지 했다. 임용고시를 강원도에서 봤다. 졸업하던 해인 1991년도에 임용고시가 시작되었다. 지금은 너무나 당연한 시험이지만 그때는 사범대학을 졸업하면 자동으로 발령을 받던 시절이었다. 임용고시가 없었다. 그래서 대학 4년 내내 학점을 적당히 따며 열심히 공부하지 않았다.

그런데 갑자기 시험을 봐서 떨어지면 발령을 받을 수 없다는 거다. 교사가 되려고 사범대학을 갔는데 시험에 통과하지 못하면 교사생활을 하지 못하는 절대 절명의 일이 벌어진 것이다. 눈앞이 캄캄했다. 첫해 얼떨결에 치른 시험에서 떨어졌다. 명단에 내 이름이 없는 걸 확인하고 돌아오는데 버스에서 바라본 바깥 풍경은 온통 검은색이었다. 진작 공부 좀 열심히 해놓을걸 하는 후회는 아무 소용이 없었다.

전공밖에 모르는 나는 다시 시험에 도전하는 수밖에 없었다. 집안에서도 눈치가 보였다. 졸업을 했는데 취직을 못하고 있으니 난감했다. 그때가 인생에서 겪은 첫 번째 난관이다. 1년 내내 열심히 공부를 했다. 내가 그렇게 독한 사람인지 몰랐다. 토플은 물론이고 대학원생들이나 공부한다는 GRE까지. 눈에 독을 품었다. 앉은뱅이책상을 몸에 붙이고 무섭게 공부를 했다. 다행히 그 다음해에 시험에 합격을 했고 4월 1일자로 평창중학교에 발령을 받았다.

24년을 소도시인 춘천에서 살았는데 갑자기 산골인 평창에서 생활할 생각을 하니 두렵기만 했다. 춘천 이외의 곳에서 이틀이상 자본적이 없다. 그런데 평창이라니. 영월, 정선은 이름이라도 들어서 알고 있었지만 평창이라는 곳은 알지 못했다. 그때 처음 들어가게 된 평창은 내게는 감옥 같았다. 그때 당시 허영심이 강했던 나는 서울에만 관심이 있었고 도시 불빛만 좋아했다. 시골, 자연과는 거리가 멀었다. 나무, 새, 풀 이런 것에는 눈길 한번 주지 않았다. 그런데 평창이라니. 울면서 갔다.

아줌마와 딸이 있는 아파트에 작은 방을 하나 얻어서 생활했다. 그 이후로 여러 번 이사를 다녔다. 나는 어떤 환경에서도 잘 적응하고 잘 자는 타입이 아니다. 처음 듣는 굉장한 개구리 소리에 밤을 하얗게 지새우기도 했다. 자려고 누웠는데 밤새도록 들려오는 개구리의 울음소리에 질려 다음날 리어카에 짐을 싣고 다른 집으로 이사를 갔다. 한번은 주인집 부부가 있는 아파트에 세를 살게 되었다. 아무리 잘해준들 왜 불편하지 않았을까?

결국 독립생활을 할 수 있는 별채가 딸린 집으로 이사를 했지만 그곳 또한 기막히긴 마찬가지. 화장실은 아예 밤에는 갈 생각도 할 수 없었다. 주말에 춘천에 갔다가 저녁에 도착하면 겨울의 방은 냉골 그 자체다. 번개탄을 붙여 따스한 기운이 감돌게 한 후 겨우 잠들 수 있었다. 바로 앞에 농기구가 보이는 집이었다. 그렇게 생활한 평창에서 내게 산, 강, 들판이 눈에 들어올 리 없었다. 주말만 기다렸다. 주말에는 인근 강릉으로 나갈 수 있었다. 처음으로 오대산에 있는 월정사니, 상원사니 이런 곳들을 둘러보았다.

그때 당시 평창은 오지였다. 그랬던 첫 발령지가 어떻게 변했는지 궁금했다. 평창으로 가는 길은 멀었다. 장평을 거쳐 대화를 지나 도착했다. 29년 만에 평창을 찾았다. 혼자라면 갈 엄두도 내지 못했을 거다. 미운 남편이 동행을 자처했다. 제일 궁금한 평창중학교에 갔다. 학교에 들어가 기념사진도 찍었다. 여기까지의 먼 길을 함께 해준 남편이 고마웠다.

다음으로 평창 시장에 들어섰다. 온통 메밀부침개 가게였다. 작은 시장이지만 장날이라 사람들로 북적이고 메밀전병과 수수부꾸미를 파는 곳에는 사람이 많이 있었다. 아직 저녁 먹을 시간은 아니라서 주변을 걸으며 산책하기로 했다.

먼저 간곳은 시외버스 터미널. 여기서 근무할 때 터미널에서 버스를 타고 춘천에 갔었다. 터미널 주변으로 강을 내려다보니 강을 따라 쭉 걷는 데크 길이 보였다. 이효석 100리길이라고 하여 좁은 산책길을 길게 만들어놓았다. 강을 왼쪽으로 하고 산 밑에 있는 길을 하염없이 걸었다.

패러글라이드를 하는 사람들이 보였다. 날씨가 좋아 높이 나는 패러글라이딩은 멋져보였다. 걷다가 보니 개구리가 바닥에 움직이지도 않고 있는 게 보였다. 도시에서 개구리를 볼 일은 없지 않은가? 신기해서 바닥을 응시하고 있는데 남편이 저기를 보라는 거다. 잘 날던 패러글라이드가 산중턱쯤에 부딪힌 거다. 바람을 잘못 탄 것인지 아니면 운전을 잘못한 것인지 사람이 아~악 하며 나무에 부딪히는 소리가 났다. 패러글라이드는 열두 폭 한복치마처럼 산중턱에 살포시 내려앉았다. 그 이후로 정적.

나무에 부딪혀서 출혈이 심할 수도 있고 기절을 했을 수도 있다. 살아 있다면 어떻게든 패러글라이드를 접어서 수습을 할 텐데 그 모습 그대로 있었다. 남편은 결국 119에 신고를 했다. 신고를 하니 이미 주변에 날고 있는 패러글라이더가 신고를 한 모양이다. 가고 있는 중이라고 했다.

그러나 왠지 한참을 기다려도 구조대는 오지 않았다. 약 12분이 지나니 사이렌 소리가 들리고 119 구조대 큰 차와 작은 차 두 대가 도착했다. 우리는 온갖 상상을 했다. '저 사람의 부모와 자식은 얼마나 놀랄까?' 남의 장래까지 걱정하며 소설을 쓰고 있었다. 평소에 딸이 패러글라이딩

같은 극한스포츠를 하고 싶다고 할 때마다 기회가 되면 해보라고 얘기하던 것이 후회되었다. 이번에 돌아가면 이번 에피소드를 얘기하며 절대로 그런 건 하지 말라고 얘기할 참이다.

구조대원들이 도착했지만 산으로 올라가는 것이 보이지 않았다. 한참을 무전기만 들고 밑에서 교신한다. 우리처럼 주변의 몇몇 사람들도 꼼짝하지 않고 산 중턱에 내려 앉아있는 패러글라이드만 지켜보고 있었다. 저렇게 조치가 늦어지면 사람이 출혈로 죽을 텐데. 걱정 반, 호기심 반으로 그 자리를 떠날 수 없었다. 계속 궁금해 하는데 옆을 바삐 오가는 사람이 있어 물어보니 구조 되었단다. 알고 보니 옆으로 해서 구조대원이 올라갔던 거다. 위에서 빙빙 비행으로 돌고 있던 패러글라이더의 신고로 정확히 지점이 파악되었다. 119대원들이 구조해서 함께 내려온 거다. 그것도 모르고 우리는 구조가 늦다느니 하며 고생하는 119대원 뒷담화만 했다. 멀리서 보니 구조대원들과 구조된 패러글라이더가 함께 내려오는 것이 보였다. 별구경을 다 한다 싶었다.

구조된 것도 확인했겠다, 마음도 편하겠다 저녁을 해결할 양으로 다시 평창시장을 찾았다. 아쉽게도 메밀부침개 집들은 문을 닫았다. 뜨끈한 부침개를 먹고 싶었지만 파장이다. 날씨가 쌀쌀해서 칼국수 집으로 들어가 장칼국수와 비빔국수를 시켜서 맛있게 먹었다.

신혼여행 이후 둘만 여행을 한 것은 이번이 처음이었다. 내가 몸이 아프니 남편이 제안한 여행이지만 많은 경험을 하고 돌아온 여행이었다. 여행은 시간을 돌려 과거로의 회상도 가능하게 한다. 걸으면 미래에 대한 생각도 한다. '평균연령이 늘어 여자는 80세를 훌쩍 넘긴다는데 아프면서 오래 사는 건 싫고 건강해야 할 텐데 어떻게 해야 할까? 나는 무엇을 할 것인가?' 등등 소중한 인생이기에 누구나처럼 나 또한 진로에 대한 고민은 끝이 없다. 청소년, 젊은이들만 앞날에 대한 고민을 하는 것은 아니다. 마음이 늘 손바닥 뒤집기를 한다.

변덕

몸에 이상 증상이 있으면 죽고 싶다가
햇빛을 받으며 걸으면 살고 싶다

왜 나만 아픈 거냐고 원망하는 마음이 들면 죽고 싶다가
이렇게라도 집에서 아플 수 있는 게 어디냐며 살고 싶다

외로운 오솔길 쓸쓸히 걸을 때는 죽고 싶다가
딸이라도 동행하면 그렇게 살고 싶다

석양과 함께 운전을 할 때면 죽고 싶다가
나를 맞이하는 딸의 환한 품을 보면 살고 싶다

하루에 몇 번이나 죽고 싶다가 살고 싶다가를 반복하는지

그렇게 널뛰기하는 마음으로 버티다가

주신이가 거두어갈 때까지 고요히 잠잠히 살아내자.

4

마음의 정원
양재천

생의 한가운데

명예퇴직을 했다. 몸이 아파서 갑자기 결정을 내렸다. 오늘도 양재천을 걷는다. 하루에 두 시간 정도 걷는다. 시간이 되는 대로 낮에 걸을 때도 있고 저녁에 갈 때도 있다. 백수가 과로사 한다더니. 이래저래 잡아놓은 스케줄로 어떨 때는 가지 못할 때가 있다. 하지만 주말을 빼고는 거의 매일 이곳을 걸으려 한다. 집에서 운전을 하면 약 1시간이 걸린다. 집안일을 하고 출발하면 차가 막히면서 시간이 더 지연되곤 한다.

아프니 운동밖에 할 게 없다. 자려고 누우면 경련이 생겨 잠을 잘 수 없다. 증상이 생겨서 이겨보려고 했지만 약의 도움을 받지 않고는 편히 잘 수 없는 상황에 이르렀다. 2년 전 폐경이 되면서 생긴 증상이다. 자려고 눕기만 하면 머릿속에서 번쩍 마른번개 치듯이 섬광이 보인다. 설핏 잠이 들려다가 다시 깬다. 그러기를 몇 번 반복하면 잠은 멀리 달아나버린다. 어떨 때는 손가락이 저절로 움직인다. 팔도 흔들린다. 어느 날은 내 몸이 공중부양이라도 한 거 아닌가 싶을 정도로 놀라서 깬다. 화들짝. 심장이 붙어 있는 것이 신기하다고 생각될 정도다. 공포는 극에 도달한다. 한 번도 들어본 적 없는 이상한 증상이 내 몸에서 일어난다. 종합병원에 가서 MRI를 찍고 뇌파검사도 했다. 이상은 없단다. 그러나 뇌전증일

가능성이 있다는 청천 벽력같은 소리를 한다. 뇌전증이 뭔지도 몰랐다.

다른 종합병원에 가서 더 정밀한 뇌파검사를 하기로 한다. 병원에서 하루 자면서 우주인같이 머리에 온갖 전선을 붙이고 연결된 가방을 메고 잔다. 피 말리는 시간이 지나고 결과를 듣는다. 수면 놀람증이란다. 원인도 모르고 치료법도 없단다. 그저 일시적으로 잠재울 수 있는 항경련제만 처방해준다. 2년여에 걸친 일이다. 많은 종합병원의 신경과와 신경외과를 다니며 내린 결론이다.

로맹가리의 작품 '생의 한가운데'에는 '다 좋은 것도 다 나쁜 것도 아니다'라는 말이 나온다.
아파서 쉬고 있지만 불행하기만한 건 아니다.

직진보행

 양재천은 걷기에 참 좋다. 직진만 하면 된다. 걸을 수 있는 길은 여러 개가 있다. 양쪽으로 모두 직진이라 생각하고 말 것도 없다. 사람들이 많이 다니는 곳으로 그저 나무를 보며 걸으면 된다. 한여름에도 낮에 걸었고 시원한 바람이 불기 시작한 지금도 낮에 걷고 있다. 낮에 햇빛을 받는 것이 좋다. 남들보다 일찍 퇴직을 했다는 열패감에 움츠렸던 몸도 햇빛을 받아 원기가 충만해진다.

 나는 원래 걷는 것이 느리고 힘이 없다. 어렸을 때 아빠가 "왜 그렇게 힘이 없냐?"고 물으셨다. 무슨 일에도 크게 동요하지 않는 나를 보고 차분하다기 보다는 힘이 없는 모습으로 생각하셨나보다. 나무를 좋아하니 찬찬히 나무를 들여다본다. 날씨가 좋을 때면 하늘을 우러러보고 길가에 심어놓은 꽃도 보고 줄지어 늘어선 카페도 본다.

 칸트의 산책길도 있다. 임마누엘 칸트는 다음과 같이 말했다. '행복의 원칙은 첫째, 어떤 일을 할 것, 둘째, 어떤 사람을 사랑할 것, 셋째, 어떤 일에 희망을 가질 것'이다.

행복의 원칙은

첫째, 어떤 일을 할 것,
둘째, 어떤 사람을
사랑할 것,
셋째, 어떤 일에
희망을
가질 것이다.

임마누엘 칸트(1724~1804)

　군데군데 다리 밑 사람들이 모여 앉은 곳에는 어김없이 비둘기 떼가 모여 있다. 모이를 주지 말라고 하는데도 가끔 보면 먹이를 주는 사람들이 있다. 모이를 흩뿌리면 갑자기 비둘기가 떼로 날아온다. 약간의 두려움을 준다. 오리도 보인다. 양재천에는 어른 팔뚝만한 물고기들이 많이 있다. 아무리 더워도 다리 아래는 시원하니 사람들이 모여 있다. 벤치에 앉아있는 사람, 돗자리를 깔고 누워있는 사람, 자전거를 타다가 쉬는 사람. 대부분 핸드폰을 보거나 얘기를 하거나 흘러가는 시냇물을 바라본다. 오리의 움직임을 눈으로 따라가기도 한다. 인생의 신산을 소리 없이 겪어 낸 어르신들의 아련한 눈빛이 향하는 곳은 움직이는 생명이 있는 곳이다. 우리도 걷다가 핸드폰 메시지나 카톡을 확인하기도 하고 물을 마시기도 한다. 비둘기가 무서워 뭔가를 먹지는 않는다. 먹으려면 비둘기가 잘 오지 않는 곳을 찾아야한다.

양재천은 오며 가며 차는 막히지만 다른 곳을 쉽게 제압하는 힘이 있다. 머리를 비우다가 생각하다가를 반복할 수 있다. 적당한 비율로 생각은 채워지고 또 다시 걷는 것에 집중을 하다보면 잊히기도 한다.

최근에는 서초구립양재도서관까지 생겼다. 도서관 맞은 편 숲길에는 오솔 숲 마당이 생겼다. 온갖 모양의 의자와 테이블이 놓여졌다. 시민들이 편히 앉아 책도 읽고 쉴 수 있게 해놓았다. 비가 오거나 너무 추우면 사람들이 이용을 잘 하지 않겠지만 극한 날씨일 때를 제외하면 자연을 벗 삼아 책 읽기 좋은 공간이다.

뒤늦은 마음

　걸으며 그동안 이기적으로 살아왔던 것을 먼저 돌아보게 된다. 나와 내 가족위주로만 살아온 것이다. 아프지 않았다면 계속 이기적이고 자존심만 내세우며 살았을 것이다. 특히 엄마에게 잘못한 지난 세월이 생각나 울고 또 울었다. 엄마가 뇌졸중으로 쓰러지시고 2년 투병을 하다가 돌아가셨는데 큰딸의 역할을 잘 하지 못했다. 내내 마음에 걸리고 불효한 지난날이 후회 되었다. 내 몸이 건강할 때는 엄마가 얼마나 불편하신지 짐작조차 하지 못했다.

　나는 엄마에 대한 그리움을 주제로 가사를 썼다. 그리고 스튜디오에서 정식으로 녹음을 했다. 벅스나 멜론에서 들을 수 있다.

뒤늦은 마음

그대에게 등 돌리고 떠나올 때
알지 못했지
그대가 나를 얼마나 원하는지

눈빛조차 마주하지 않는 대화로

알지 못했지

그대의 그 아픔을

시간 흘러 계절 흘러

늦었다는 생각 차오를 때

나는 알아버렸네

그대 아픔을 외면하고

그대 그리움에 빈자리만 보인 내가

얼마나 어리석었는지

그대 떠나 없지만 뒤늦은 마음은 자꾸만

그대를 내 앞으로 불러 오네

먼 훗날 우리 다시 만난다면 사랑한다고 말하리

뜨거운 눈물은 그때 흘리리

시간 흘러 내 맘 흘러

그대 생각 밀려 올 때

나는 알아버렸네

그대 손길을 잡지 않고
그대 따스함에 차가움만 보인 내가
얼마나 바보 같았는지

그대 떠나 없지만 뒤늦은 마음은 자꾸만
그대를 내 앞으로 불러 오네

먼 훗날 우리 다시 만난다면 사랑한다고 말하리
뜨거운 눈물은 그때 흘리리.

이제 와서 노래를 부르면 무엇하리요? 그러나 '하늘에서라도 이 노래를 들으면 엄마가 좋아하시지 않을까? 나를 용서해주시지 않을까?' 기대해본다. 교사 생활을 하며 늘 꿈만 꾸던 노래를 녹음하게 되다니 믿기질 않았다. 학원을 다니며 피아노를 2년 정도 배웠다. 거기서 알게 된 작곡가가 있다. 내가 쓴 가사를 보여주었고 의외의 반응이 돌아왔다. 노래 가사로 손색이 없단다. 그냥 마음을 담아 써 본건데 가사가 될 수 있다고 하니 신기했다. 처음 겪는 일이라 얼떨떨했다. 다듬어 노래로 만들어 보기로 했다. 한 달 후 작곡가 선생님은 내 가사를 노래로 완성해 나타났다. 처음에는 마음에 들지도 않았고 귀에 쏙 꽂히지도 않았다. 딸이랑 여러 번 들어보았다. 이상하게도 들으면 들을수록 은은한 맛이 났다. 선생님이랑 연습실에서 감정을 실어 노래를 해 보았고 내 노래라고 생각하니 애착이 생겼다. 선생님이 보컬을 지도할 또 다른 유명한 선생님을 소개해 주었다. 한 달간 보컬 트레이닝을 받았다. 이래서 전문가, 전문가 하나보다. 답답하게 목에만 걸려있던 노래가 한 순간 풍선 날아가듯이 붕붕 자유롭게 날아가는 기분이 들었다. '속성 강의에 이렇게 노래가 달라질 수 있다니' 놀랍기만 했다. 노래를 어렵게 가르치는 게 아니라 쉽게 이해할 수 있게 가르쳐 주었다. 갈 때마다 달라지는 게 느껴졌다. 듣기는 쉬워도 부르는 건 어려운 게 노래라는 걸 또 다시 깨달았다. 한 구절, 한 마디 생각할 게 많았다. 이걸 신경쓰다보면 저걸 놓치고 저걸 챙기면 이건 빠뜨리고 그런 식이다.

스튜디오에서 녹음하는 날이 다가왔다. 홍대 근처에 있는 녹음실이다. 특별한 일이 없는 한 가지 않던 곳인데 녹음을 하러 오다니 감회가 남달랐다. 생전 처음 들어가 보는 녹음실이다. 음악을 좋아해서 늘 녹음실이 궁금했다. 많은 가수의 뮤직비디오가 녹음실 장면을 그대로 보여준다. 그곳은 내가 제일 가보고 싶은 곳이었다. 내 노래를 녹음하러 녹음실에 들어가다니. 꿈만 같았다. 작곡가, 보컬 트레이너, 딸과 함께 들어갔다. 간단한 음료와 간식도 잊지 않았다. 녹음 기사분이 아주 친절하셨다.

'전날 연습을 많이 해서 목이 쉬지 않았을까?' 걱정도 되었다. 밖에 모니터 하는 곳과 차단된 밀폐된 공간으로 들어갔다. 화면으로 많이 봐 오던 마이크와 장비들이 가득했다. 앞에 가사가 걸려있었다. '가사를 잊어버리면 어떡하지?' 걱정했는데 이런 배려가 있을 줄이야. 유리 막을 사이에 두고 다른 세 사람이 보였다. 유리 막 건너의 사람들이 말하는 것이 헤드폰으로 들려왔다. 보컬 트레이너 선생님과 작곡가 선생님이 계속 지도를 해줬다. 여기는 좋고 여기는 다시 불러야한다고. 똑같은 노래를 여러 번 부르는 것이 아니라 조각조각 쓰는 거였다. 이런 것도 처음 알았다. 떨리기는 했지만 관중이 없어서 그런지 심하지는 않았다. 감격스러운 순간인데 빨리 끝내고 싶었다. 노래를 계속 부르니 진이 빠졌다.

그래서 연습을 많이 했어야 하나보다. '연습이 전부'라는 말을 공연하는 사람들이 많이 하는 이유를 알겠다. 긴장을 해도 연습한 것은 고스란히 나오니까. 실제로 녹음하는 날에는 여러 가지 변수가 있겠지만 연습을 많이 해 놓으면 그대로 배어 나오는 것이다. 3시간이 한 프로인데 1시간 40분정도에 녹음이 끝났다. 큰 스피커로 녹음된 것을 들어보았다. 정신이 없어서 잘된 건지 아닌지 분간이 되지 않았다. 전문가들이 O. K.하니 그런가보다 했다. 믿기지 않는 경험을 하고 부푼 마음을 가득 안고 집으로 돌아왔다. 음악에 대한 기갈이 해결되며 시원한 단비를 맞은 듯 마음이 감동으로 가득 찼다. 잘 하든 못하든 내 노래가 있다는 것은 마치 자식 하나를 낳은 듯한 기분이다. 프로가수가 아니고 이걸로 돈 벌 생각이 없어서 더 마음이 편한가보다. 돈은 들었지만 의미 있고 가치 있는 비용이라 아깝지 않다. 마음을 담아 진실 되게 부른 노래니 누군가의 마음에 전달되었으면 한다. 특히 딸들의 공감을 얻을 수 있길 기대해본다.

5

우리의 고향
홍천&춘천

초스피드 결혼

우리 부부는 '봄시내'에서 만났다. '봄시내'는 춘천 외곽에 위치한 카페다. 지금의 형님이 남편을 소개하고 학교 동료 선생님이 나를 소개했다. 형님부부와 지금의 남편, 그리고 조카까지 함께 한 자리였다. 내편은 한명도 없이 혼자 나갔다. 쑥스럽게 누구를 데리고 나갈 자리도 아니고. 나는 96년도에 면허를 따서 '프라이드'라는 하얀 차를 끌고 다녔다. 차로 그곳까지 갔고 남편은 형 내외분과 온 것이다. 남편을 처음 본 소감은 '깔끔하다, 도시적이다.' 정도다.

키는 좀 작지만 친근한 느낌이 들었고 '춘천고등학교'를 나왔다는 얘기를 들으니 더 가까운 느낌이 들었다. 나쁜 사람은 아닌 듯 했다. 지금은 무슨 얘기를 했는지 기억이 나지 않는다. 다른 사람들은 가고 둘만 남아 더 얘기를 하다가 근처 막국수 집에서 식사까지 했다. 처음 만난 남자인데 어색하거나 불편하지는 않았다. 예나 지금이나 남편은 누구를 불편하게 하거나 하는 그런 인상이나 인격을 가진 사람은 아니다. 그 후로 바로 연락이 왔고 만나자고 했지만 내가 시간이 안 된다며 거절했다. 후에 춘천 공지천 '이디오피아' 카페에서 다시 만났다. 새로 산 신발을 신고 나가 뒤꿈치가 빨갛게 된 걸 어떻게 봤는지 돌을 구해 온다고 했다. 한참을 있다가 와서는 신발 안을 두드려 조금이라도 편하게 해준다고 노력을 했다.

지금 생각해보면 웃음만 나온다. 남자와 여자가 친해지고 편안해지기 위해, 또는 서로에게 호감을 사기 위해 하는 행동이란 전지적 시점에서 보면 재미있고 유치해 보일 것이다. 남편은 그 당시 서초동에 있는 회사, 진로에 근무를 했고 나는 속초여자중학교에 근무를 했다. 서울과 속초. 너무 멀었다. 차로 가자면 4시간. 남편은 차가 없었고 나도 서울까지 운전해 갈 실력이 되지 않았다. 그런데 세 번째 만남에서 남편이 비행기를 타고 속초 공항에 온 것이다. 그것도 선물을 들고. 그 당시에 내가 좋아하는 브랜드가 있었다. '니콜'이라고 가방 등을 파는 브랜드였는데 가죽이 고급스럽고 색감이 좋아 탐내던 것이었다.

지금의 남편이 선물이라며 카페에서 뭔가를 내미는데 너무 놀랐다. 거짓말같이 니콜 가방을 내미는 거다. 그것도 맘에 쏙 드는 디자인의 가방을. 선물은 이래서 중요한가보다. 상대의 환심을 사기에 선물만큼 좋은 게 있을까? 선물 주고받는 걸 그다지 좋아하지 않지만 그때는 환희가 느껴졌다. 나중에 알고 보니 여직원 한명을 대동해서 백화점으로 가 요즘 여자들이 무얼 좋아하는지 골라달라고 부탁했다는 거다. 남자는 여자 가방에 대해서 당연히 아는 것이 없었을 거다. 정말 그놈의 가방 때문에 결혼을 하게 된 건지. 서울에서 속초까지 비행기를 타고 와준 것도 그렇고 내 맘에 쏙 드는 가방을 사들고 온 것도 그렇고 기분이 나쁘지 않았다.

바닷가도 가고 낙산사도 돌아다니며 구경을 했다. 그때만 해도 하이힐을 신고 다녔다. 낙산사 홍연암은 경사가 있고 계단의 높이가 꽤 되었다. 하이힐을 신고 내려가려니 남편이 손을 잡으란다. 안 그래도 불안했다. 옆에서 손을 내미니 잡고는 싶은데 '아직 친하지 않은 남자의 손을 잡아야하나 말아야하나?' 고민하다가 조금 잡았다.

그런데 그 순간 '옳다, 너 잘 걸렸다.' 하는 식으로 내 손을 꽉 잡고는 계속 놓지를 않는 거다. 가을이었지만 계속 잡고 있으려니 답답하고 땀이 났다. 그래도 뭐가 좋은지 남편은 계속 손을 놓지 않고 걸었다. 스킨십이라는 것이 그렇게 중요한가보다. 손을 잡고 나니 가까워진 느낌이었다.

남자 교사와 결혼을 하고 싶은 생각은 추호도 없었다. 똑같은 일을 하는 사람에 대한 매력을 느끼지 못했다. 이상형도 없었고 꼭 이래야한다는 기준도 없었다. 우리는 주말에 몇 번 만났다. 갑자기 남편이 카페에 갔는데 약간 긴장한 얼굴로 같이 살 집을 마련할 수 있다고 했다. 그게 프로포즈인 것이다. 또 뭐라고 얘기했는지 정확히 기억이 나지 않지만 자연스럽게 받아들인 거 같다. 세상에는 다 자기 짝이 있고, 결혼할 사람은 한눈에 알아본다는 둥, 첫눈에 반한다는 둥 그런 말들을 전혀 믿지 않았었다. 나에게는 해당 사항이 없는 이야기로만 생각했다. 그랬던 내가 한 달 만에 프로포즈를 받고 두 달을 준비해서 석 달 만에 결혼을 한 것이다. 9월 14일에 만났고 12월 21일에 결혼을 했다. 일별의 경험도 없었고 결혼 준비로 다툼을 해본 적도 없다. 다만 결혼할 때 오빠가 미국에 있어

올케언니 혼자 준비해준 것이 미안할 따름이다.

　결혼하는데 500만 원 들었다. 지금 예비부부들이 들으면 기가 막힐 일이지만. 남편이 모은 돈 5,000만 원으로 선릉에 있는 다세대주택에 전세를 얻었다. 예단도 중요하지 않았다. 가구도 필요한 것만 샀다. 난 옛날부터 예물, 가전, 가구에 관심이 없었다.

　선릉에서 두 달을 살고 갑자기 경기도로 발령이 나서 이천으로 오게 되었다. 그리고 2000년에는 안양으로 발령을 받았다. 평생 같이 살 사람을 석 달 만에 결정하다니. 우린 참 바보부부다. 사람들은 얘기한다. 결혼할 적령기에 결혼을 하는 거라고. 물론 좋지도 않은 사람과 나이가 찼다고 결혼할 수는 없다. 그러나 괜찮은 사람이 결혼적령기에 나타나면 결혼에 골인하기가 더 쉽긴 하다. 참 어이없다고 생각할 수도 있지만 옛날에는 얼굴도 안보고 결혼해도 잘 사는 사람들은 잘만 살아냈다.

　계산적으로 남편의 연봉이 얼마인지 시댁의 재정상태가 어떤지 알고 싶지도 않았고 파악할 생각도 하지 못했다. 우리 둘만 본 거 같다. 둘이 직장이 있으니 어떻게든 가계를 꾸려갈 수는 있겠구나 생각했다. 10년 넘게 연애를 하고 결혼을 해도 못사는 사람들은 헤어지는 거다.

산은 정복하는 것이 아니다

남편의 고향은 홍천이다. 추석명절을 지내고 오후에 홍천에 들르게 되었다. 홍천 대명비발디파크, 지금은 소노벨로 개명했지만 우리에겐 대명리조트란 이름이 익숙하다. 그곳에서 홍천 특산품을 팔고 있는 친척분에게 볼일도 있고 하여 잠깐 들릴 겸 홍천으로 차를 돌렸다. 그런데 홍천강을 바라보며 남편이 즉흥적으로 '팔봉산을 타볼까?' 하는 거다. 귀로야 딱지가 앉을 만큼 자주 듣던 팔봉산이지만 갑자기 아무런 준비도 없이 가게 될 줄이야.

마음도 몸도 울적한 상태인 나는 그런 산인 줄은 꿈에도 모르고 그러자고 했다. 날씨도 좋고 남편이랑 다니는 것만으로도 좋았다. 자주 있는 기회가 아니니 거절할 수가 없었다. 매표소에는 남편의 중학교 동창이 있었다. 가볍게 인사를 하고 출발했다. 등산화도 아닌 러닝화를 신고. 팔봉이라고 하여 완만한 봉우리가 8개 있을 줄 알았다. 등산을 시작하고 채 10여분이 지나지 않아 산은 우리에게 성질을 부리기 시작했다. 상스러운 표현을 할 수가 없으니 참고 글을 쓰지만 뭐라 표현할 수 없을 만큼 거칠고도 거친 산이었다. 키는 작지만 아주 성질이 못돼 먹어서 어디로 튈지도 모르고 누구의 말도 듣지 않는 어린아이를 보는 기분이랄까? 어떻게 달래도 화를 내고 떼를 쓰고 울기만 하는 아이를 보는 느낌이랄까? 나무와 풀과 꽃이 있는데도 산이 푸근하거나 우리를 환영하거나 안아주는 기분이 아니었다. 계속 '그만 와, 돌아가란 말이야'라고 얘기하는 듯했다.

지금은 발판이 군데군데 박혀있고 잡을 수 있는 안전 바도 있지만 옛날에는 이런 것들이 없어서 사고를 당하는 사람이 일 년에 몇 명씩 나왔다고 한다. 특히 '개고기를 먹고 팔봉산에 가지 마라'라는 말을 어른들이 했다고 한다. 개고기를 먹다보면 술을 함께 마시게 된다. 술을 마시고 그 산을 가면 실족하기 쉬우니 절대 올라가면 안 된다는 말이라고 추측해본다.

2봉, 3봉. 몸에 있는 오기를 다 동원해 올랐다. 다리를 부들부들 떨며 내려가기를 반복했다. 보이는 봉우리는 코앞에 있는 듯 했지만 다음 봉우리까지 가기 위한 길은 난이도가 높았다. 각 봉우리 사이에 하산길이 있기는 하다. 4봉에 가서 사진을 찍으며 남편에게 내려가자고 얘기하고 싶었다. 어지간한 어려움에는 끄덕 않는 남편이라 계속 갈 것 같아 말하지 않았다. 나도 질세라 '그래 한번 가보자' 하고는 땀을 뻘뻘 흘리고 숨을 씩씩대며 다음 봉우리로 갔다. 시원한 날씨인데 땀이 어찌나 나던지. 숨은 마라톤이라도 완주한 것처럼 가빴다.

6봉부터는 내 몸인데 유체이탈이라도 한 듯, 너덜너덜했다. 마치 주유소 앞 바람인형처럼 중심을 못 잡고 팔은 축 쳐지고 다리도 떨렸다. 내가 먼저 내려가자는 말은 하기 싫었다. 뭔가 알 수 없는 마음의 고통이 오히려 나를 더 자극하는 것 같았다. 육체적 고통으로 심리적 고통을 덮고 싶었다고 할까? 이런 묘한 기분이 뭔지 모르지만 나이 들어 여기저기 고장이 나 보니 알겠다. 험난한 산을 굳이 오르는 기분을. 7봉을 내려와 이제 8봉만을 앞에 두고 있었다. 표지판에는 '제일 험난한 봉우리니 무리하지 말라'는 내용의 글이 적혀있었고 7봉과 8봉 사이에도 하산길이 있었다.

숨은 턱에 차고 몸은 누구에게 두들겨 맞은 듯 쑤시고 정신을 차릴 수 없었다. 이때 남편이 내뱉은 의외의 말. "이제 가자. 8봉을 가는 건 무리야." 잠깐 의심했다. '어? 이럴 사람이 아닌데.' 분명히 8봉까지 완주하자고 할 줄 알았다. 아니 팔봉산에서 8봉을 안가고 내려간다니, 말도 안 되지 않는가? 하지만 나는 반대할 자신도 그럴 필요도 없었다. 괜한 자신감에 무리를 하다가 다리라도 삐거나 하면 이만큼 온 것도 다 도로 아미타불이다. '괜한 헛짓이 오히려 독이 될 수 있겠다' 싶은 생각이 들었다. 속으로 '어휴, 잘 됐다. 끝까지 가자고 했으면 또 저 험한 봉우리를 어찌 오르나?' 했다. 결국 사이 길로 내려와 다시 밋밋한 모래사장을 터덜터덜 걸어 매표소 앞으로 갔다. 아직 퇴근을 하지 않은 친구를 만나 헤어짐의 인사를 했다. 등산을 하고 저녁 늦게라도 집에 올라가려고 했지만 두 사람의 만장일치로 다음날 올라가기로 했다. 도저히 운전할 자신이 없었다. 온몸이 후들거려서.

이병률은 '내 옆에 있는 사람'에서 말한다.

산은 어렵다. 쉬운 것에 가닿으려면 산은 아니다. 쉬운 인생을 살려는 사람에게 산은 아니다. 이 말은 비유가 아니다. 우리가 산에 가는 이유는 그곳에 쉽지 않은 것이 있기 때문인지도 모른다. 그 쉽지 않은 것이 우리를 달라지게 할 것이라 믿기 때문에 우리는 산에 오르는지도 모른다. 이 추측은 작게나마 진실이다.

그리고 보니 어느 산 하나 쉽게 갈 수 있는, 올라가는 척 할 수 있는 산은 없다. 팔봉산은 시간은 많이 걸리지 않지만 험난하고 어려운 산이다. 자칫 한눈을 팔면 미끄러지거나 추락할 위험이 높다. 평소에 운동을 하고 근력도 있는 사람들이 도전해볼만한 산이다. 그러나 7봉까지만 갔어도 산의 성질은 충분히 느꼈고 다음에는 더 재미있게 올라갈 수 있을 듯하다. 마지막 봉우리의 맛은 또 어떨까? 기대된다. 다음에 1봉부터 다시 올라가자는 남편의 말에 좋다고 응수는 했지만 깜짝 놀랐다. '굳이 다시 1봉부터 갈 필요가 있을까? 4봉 정도부터 시작하면 안 될까?'라고 묻고 싶었지만 두고 볼일이다. 그날의 컨디션과 의견일치에 따라 달라지겠지.

팔봉산

허허 웃음이 나오다가
입술을 앙 다물다가

지기는 싫다가
굳이 내가 이렇게까지 널 가져야하나?

애인과 밀고 당기는 심리전도 아닌데
심정이 복잡하다

산은 몸만 힘들게 하는 곳 인줄 알았는데
이곳은 마음도 힘들다

틈을 주지 않지만
매력이 넘쳐 놓치고 싶지 않다
다 풀었다 싶었는데 자꾸 어려운 수수께끼를 던지는 너
무릎 꿇고 말았다

그래도 널 사랑한다 말하고 싶다
산은 정복하는 것이 아니니까.

낯선 고향

　태어나 대학교까지 춘천에서 살았다. 봉의국민학교, 봉의여자중학교, 춘천여자고등학교를 거쳐 강원대학교를 졸업했다. 봉의국민학교는 터가 그대로였다. 봉의여자중학교는 봉의중학교로 남녀공학이 되었다. 춘천여자고등학교는 터를 옮기고 원래 터에는 시청 별관이 들어섰다. 연어도 산란을 할 때는 고향을 찾는다고 했던가? 나이 들면서 왜 이렇게 틈만 나면 고향 생각이 나는지, 그때는 벗어나고만 싶던 나의 누항, 춘천이 사무치게 그립다.

　봉의중학교는 졸업한 후 처음으로 방문했다. 네비게이션으로 찾다가 힘들어 택시를 탔다. 언덕이 있는 학교였다. 내려오면서 친구와 사먹던 야채샐러드빵 맛이 아직도 기억난다. 튀긴 빵 사이에 양배추 채를 썰어서 마요네즈와 케첩으로 버무린 것이 들어있는. 그것이 너무 맛나서 자주 먹었다. 겨울이면 언덕에 눈이 얼어 벽을 붙잡고 벌벌 떨면서 내려왔다. 거기서 한번 넘어지면 답이 없다. 겁이 많은 나는 얼마나 천천히 내려왔던지. 그렇게 다니던 중학교 시절이 있었는데 그게 몇 십 년 전이라니. 그 꽝꽝 얼은 언덕길이 눈에 또렷이 사진처럼 남아있는데.

　지금은 많이 변했고 언덕도 기억 속에 남아있는 것처럼 그렇게 가파르

지도 않았으며 넓지도 않았다. 물론 겨울에 돌변한 모습은 실제로 보지 못했지만. 어린 중학교 여학생에게 그 얼어버린 언덕 내려오기는 난제 이긴 했을 거다.

용산에서 itx 청춘을 타면 한 시간 후 남춘천역에 도착한다. 역 바로 앞에 오래된 단골집인 '퇴계막국수'가 있다. 여기에 가면 진짜 막국수와 제대로 된 옹심이를 만날 수 있다. 저절로 "이거다! 맛있다!"라는 말이 나온다. 음식으로 사람을 안아주니 겨울에는 무조건 옹심이다. 옹심이 칼국수도 있지만 난 '옹심이만' 이라는 메뉴를 시킨다. 그러면 정갈한 열무김치, 깍두기와 옹심이만 나온다. 국물과 감자로만 이루어진 쫀득한 옹심이는 씹는 맛이 즐거움을 준다. 배가 부르지만 무리를 해본다. 남길 수가 없다.

그렇게 한 그릇 뚝딱하고 춘천을 돌아다니면 별걸 안 해도 배도 마음도 든든하다. 옛날 터는 새로운 구획으로 재구성되어 알아볼 수도 없고 마을은 아파트 단지로 바뀌어 분간이 가질 않았다. 그래도 큰 틀은 머릿속에 있으니 사방을 구별할 수 있다. 좋아하는 곳도 군데군데 있어 걷는 발걸음 속에는 반가움이 있다. 어릴 때 엄마랑 손을 붙잡고 다니던 시장이나 육림고개는 그대로다. 초입에 육림극장이 있어 고개 이름도 육림고개다. 지금은 극장을 운영하지 않는다. 전석순이 지은 '춘천'을 보니 춘천시가 도시재생프로젝트를 통해 2015년 막걸리촌 특화거리를 조성했다고 한다. 또한 2016년 청년 창업지원 사업과 2017년 청년몰 조성사업으로 이어져 50여개의 점포가 생겼다고 한다.

청년 상인들을 유입하기 위해 내어준 자리에 감성으로 채운 그들만의 공간은 보는 이들의 눈을 즐겁게 한다. 사지 않아도 보는 재미가 좋다. 옛날 가게들, 예를 들면 뻥튀기 가게, 올챙이 국수, 떡집, 포차집 골목 사이사이 젊은이들이 좋아할 만한 가게들이 꽤나 있었는데 지금은 문을 닫은 상태였다. 자영업자들의 실태가 고스란히 내게도 전해졌다.

숙박은 'Heyy, 춘천'으로 예약했다. 'Heyy, 춘천'은 남춘천역 2번 출구로 나가서 20여분 걸으면 나오는 곳이다. 제주 서귀포에도 있고 '야놀자'에서 기획한 신개념 호텔이다. 춘관과 천관이 있으며 별관에는 따로 프랜차이즈 식당이 들어와 있었다. 야마하 스피커가 있는 뮤비룸을 예약했는데 리모컨이 6개 있었다. 남편은 TV를 틀지 못해 한참을 헤맸고 내가 해보았지만 역시 되지 않았다. 우리는 집에 TV가 없기 때문에 호텔에 오면 TV 보는 게 낙인데 그걸 못한다고 생각하니 억울했다. 프런트에 도움을 청해보자고 하니 남편이 그건 싫단다. 기가 막혔지만 참고 있

었다. 그러다가 남편이 욕실에 샤워하러 간 사이 나는 얼른 프론트에 전화를 걸었다. TV를 어떻게 커는지 리모콘 조작방법을 알려달라고 했다. 잠시 후 직원이 문을 두드린다.

 어렵지는 않았지만 우리가 모를 만도 했다. 두 개의 리모콘을 조작해야 작동이 되는 거였다. 모를 때는 물어보면 편한 것을. 이게 뭐 그리 자존심 상하는 일인가? 빔이 있어서 영화도 볼 수 있는 곳이었다. 블로그를 찾아보니 후기에 평상침대가 있다고 해서 값을 더 지불하고 이곳을 예약했다. 들어가 보니 침대가 널찍하니 4인까지 숙박 가능한 곳이었다. 우리는 집에서 침대를 사용하지 않다보니 호텔마다 있는 높다란 침대가 그렇게 불편할 수가 없다. 조금 낮아 보이는 평상침대를 이용하는 것이 좋았고 욕조도 엄청 넓었다. 로비나 조식이용공간과 객실이 현대적이고 젊은이들이 좋아할만한 인테리어로 꾸며져 있었다.

조식은 토스트나 와플이라고 했는데 우리가 숙박한 날은 와플이었다. 와플은 셀프로 굽게 되어있었다. 반죽이 있고 앞에 작은 스테인레스 컵이 있어 1회용 양을 계량할 수 있게 해놓았다. 딸기크림과 생크림이 있어 발라먹기 좋았다. 처음 해보는 거라 아이들처럼 즐거웠다. 구워서 시중에 파는 것처럼 종이에 넣어 들고 먹으면 된다. 커피도 타서 마실 수 있게 해놓았다.

6

우리의 휴양지
강화도&속초

다 갖춘 섬

뜨거운 8월초의 날씨에 강화도로 출발했다. 남편이 일로 바쁘니 짬을 내는 것이 어려웠지만 그래도 감행했다. 인천을 경유하여 강화도에 도착했다. 강화도하면 마니산이 제일 유명하니 우선 그곳으로 향했다. 472m 의 높이라 갈 수 있을지 아닐지 장담할 수 없었다. 요즘에는 산을 오르다가 중도에 내려오는 일이 잦아져서 정상까지 갈수 있을지 반신반의. 그래도 올라가고 싶어 시작을 했다. 집에서의 날씨와 달리 산속은 바람이 시원하게 불어주어 좋았다. 섬이라 그런지 평소에 보지 못했던 나무들이 눈에 띄었다. 휴가철이지만 사람들로 북적거리지 않아 한가로이 오르기 좋았다.

그러다가 어느 지점에 올라 오른쪽을 돌아보았는데 소나무 사이로 푸른 바다가 보이는 거다. 신기해서 바위 끝 쪽으로 가보았다. 와! 감탄사가 절로 나왔다. 아무리 이곳이 섬이라지만 산 중턱에서 바다가 보일 거라고는 생각 못했다. 뜻밖의 선물을 받은 듯 신이 났다. 한참을 바다와 하늘, 자유로이 날아가는 커다란 새와도 같은 비행기를 바라보았다. 해무도 살짝 곁들여져 멀리 있는 작은 섬들은 몽환적인 분위기를 풍겼다. 명화 속에 나오는 보일 듯 말듯 희미하게 처리된 먼 섬이나 배를 보는 기분이었다.

99

열심히 올라가다 갑자기 풍광에 취해 우리는 한참을 날뛰다가(?) 다시 길을 나섰다. 감탄을 누르기가 쉽지 않았다. 그곳을 시작으로 계속 바다와 하늘이 보였다. 보고 또 봐도 좋았다. 산도 맘에 들었는데 바다까지 보여줄 줄은 몰랐다. 아래로는 잘 구획된 논이 보였고 멀리는 바다와 섬들, 맑은 하늘, 시원한 바람. 마니산이 이렇게 다 갖춘 산일 거라고는 생각도 못했다. 정상에 도착해 한참을 풍경에 취해 있다 내려왔다. 올라갈 때는 단군로로 올라가고 내려올 때는 계단로로 내려왔다. 계단로이니 예상은 했지만 계단이 많고도 많았다. 1,004길이니 계단이 1,004개인가보다. '언제 계단이 끝날까?' 하고 염원하며 내려가길 반복했다. 마음 비우고 가다보니 어느새 계단이 끝나고 갑자기 아스팔트길이 나와 놀랐다. 그로부터는 1km정도 걸으니 마니산 입구가 나왔다.

저녁은 선두리 어판장 '복음호'에서 전어를 섞은 모듬회를 먹었다. 매운탕까지 나오는데 주류포함 62,000원. 가성비가 좋았다. 저 멀리 갯벌이 보였다. 나는 운전을 해야 하니 논알콜 칭타오 맥주를 마셨다. 남편은 지역 맥주인 인천맥주를 마셨다. 0.05%의 맥주인데도 기분에 취하고 분위기에 취해 두 시간 가량의 긴 저녁식사를 만끽했다.

숙소가 문제였다. 인터넷으로 검색을 열심히 해봐도 좋은 숙소는 이미 다 예약 완료다. 한두 군데 남은 곳은 너무 비쌌다. 결국 숙소를 인천 부평으로 잡았다. 저렴한 토요코인 호텔. 남편이 코를 심하게 골아 더블룸 두 개를 잡았다. 부부가 여행을 와서 오붓한 정을 나누기는커녕 각방 신세라니. 여행을 와도 다른 게 없네. 나는 살짝 기분도 상하고 남편이 밉기도 해서 다음날 타박을 했다. "따로 자던 사람도 여행 와서는 같이 묵어야하는 거 아니냐?" 남편의 말은 나의 상상력을 초월한다. 미안해 하기는 커녕 자기의 배려심이 대단하다는 식으로 몰아간다. 일부러 나를 생각해서 따로 잔거라며. 자기 덕분에 편하게 잔 거 아니냐며. 사람은 참 생각하는 게 다르구나. 다시 한번 '우리가 아직도 갈 길이 멀구나'라고 느꼈다.

가는 길 오는 길이 다 좋아 1시간 조금 넘는 거리가 지루하지 않았다. 부평 가는 길에 본 청라국제지구는 보고도 믿을 수 없을 만큼 야경이 화려했다. 낮에 보면 시멘트 덩어리 아파트들이지만 밤에 보니 빛의 제전이 따로 없었다. 높이와 모양만 조금씩 다른 아파트가 내뿜는 불빛은 마치 애니메이션 영화 '코코'에 나오는 사후 세계 같기도 했다. 아니면 영화 '인터스텔라'에서 본 12차원 세계의 장면과 비슷하다고나 할까? 마치 우주에 와 있는 듯 머리가 어질어질했다.

다음날 다시 강화도로 향했다. 이번에는 전등사가 목적지였다. 동문 쪽에 차를 세우고 천천히 걸어 올라가는데 오래 걸리지 않았다. 아쉬운 것은 올라가는 양옆으로 음식점만 가득하다는 거다. '아기자기하게 기념품이나 특산품등을 파는 곳으로 정돈해서 볼거리를 제공하면 어떨까?' 하는 생각을 해보았다. 이런 저런 생각 끝에 다다른 전등사는 생각보다 규모가 컸다. 대웅전은 크기는 작지만 오래되어 위용을 자랑했다. 수령

이 몇 백 년 된 나무들이 곳곳에 자리하고 있어 절의 역사를 짐작하게 했다. 산속에 절이 안긴 분위기였다.

전체를 둘러보고 서서히 그 유명한 나부상을 찾아봤다. 대웅보전의 네 모서리 추녀 밑에 벌거벗은 사람의 모습이 있다. 전설에 따르면 절을 짓던 목수의 재물을 가로챈 주막 여인의 모습이라고 한다. 나쁜 짓을 꾸짖어 하루 세 번 부처님 말씀을 들으며 죄를 씻고, 깨달음을 얻어 새로운 사람으로 다시 태어나라는 의미로 추녀밑에 새겨 추녀를 받치게 했단다. 전설이 주는 상징성이 대단했다. 실제로 보니 오싹한 기분이 들었다.

잠시 나와 점심 먹을 곳을 둘러보았다. 주로 인삼막걸리와 해물파전, 비빔밥 등을 팔고 있었다. 한곳에 들러 비빔밥과 묵무침을 주문했다. 특이한 것은 토핑으로 아몬드 조각이 뿌려져있는데 오도독 오도독 씹히는 맛이 일품이었다. 불러오는 배를 부여잡고 먹느라 애썼다. 직접 쑨 묵으로 만든 도토리묵 무침은 감칠맛이 있었다. 오묘한 것이 뭐라 표현되지 않는 완벽한 맛이었다.

주변을 둘러보다 우리는 서해랑 길을 걷게 되었다. 절터를 빙 둘러 돌담이 둘러쳐져있었다. 곳곳에 제주도의 오름처럼 평평한 곳이 있었고 오르면 강화도 아래가 시원하게 펼쳐졌다. 약 2시간여를 오르락 내리락 주변 풍경을 감상하며 걷다 다시 절터로 왔다. 찻집이 있어 들어가니 단호박식혜와 팥빙수를 팔고 있다. 더위 식히기에 제격이었다.

명색이 섬이니 바닷가를 한군데라도 들르고 싶어 동막해변으로 갔다. 마침 썰물 시간이라 바닷물이 빠져 아득히 멀리 출렁인다. 드러난 갯벌

에서는 어린이부터 어른까지 뭔가를 채취하고 뒹구느라 분주했다. 엄청
난 망둥어 새끼들과 작은 게들은 뻘 전체를 누비고 다니고 위에는 갈매
기들이 날고 있었다. 나도 건강에 좋다는 바다모래와 갯벌을 걸었다. 약
1시간을 걷는데 발바닥에 닿는 바다 속 갯벌의 진흙이 부드러워 힘든 줄
몰랐다. 아쉬움을 남기고 집으로 돌아왔다.

오는 길에 우연히 스카이랜드 카라반호텔에 들렀다. 많은 수의 카라반
들이 보이고 숙박객들이 있었다. 부엌시설과 데크 거실, 그리고 침실이
완비된 카라반 호텔은 한번쯤 가족들과 묵어보고 싶은 마음이 들도록 매
력적이었다. 아래로 내려오니 해가 지고 있었다. 늘 보는 노을이지만 바
다 앞에서 보는 노을은 완전히 다른 느낌을 주었다. 바닷가 바위에 앉아
있으니 세상이 다 내것같기만 했다. 남편이 음악을 켜니 노을이 선사하
는 자연 카페가 된다. 돈 한 푼 안들이고 이 멋진 광경을 즐길 수 있다니.
남편이 잠깐 예뻐 보였다. 아무리 좋은 풍경을 보아도 혼자라면 감흥도
덜하고 외로웠을듯하다.

옆에서 새내기 커플이 커플룩을 입고 모래사장을 걸으며 데이트를 하
고 있다. 다른 한쪽에서는 바다낚시 하는 사람들이 보인다. 발밑 가까
이서 철썩대는 파도와 아름다운 색깔로 물들어가는 하늘을 보며 우리
는 한참을 바위에 앉아있었다. 강화도 여행의 또 다른 추억이 쌓여갔다.

가까이 하기엔 너무 먼 당신

속초여중에서 4년을 근무했다. 1994년도니 옛날 얘기긴 하다. 속초 하면 다들 떠오르는 것은 출렁대는 파도, 시원한 동해바다, 오징어, 갯배, 설악산 정도일 것이다. 속초에서의 4년은 내 인생에서 가장 자유로운 전성기라고 해야 하나? 마지막 싱글라이프를 속초에서 화려하게 보낸 것이다. 10분만 걸어가면 탁 트인 동해 바다가 넘실댄다. 어디든 넘쳐나는 횟집들, 거대한 설악산과 울산바위, 겨울에는 알프스 리조트 스키장. 그런데 내 마음은 늘 외로웠다. 아름다운 곳에서 살고 직업도 있지만 짝이 없었던 거다. 26살 때부터 결혼이 하고 싶었지만 연애 한번 제대로 해보지 못한 나는 결혼 상대를 찾기가 쉽지 않았다. 선도 여러 번 봤지만 만남은 오래 가지 못했다. 그러다가 극적으로 29살 9월 추석에 남편을 만났다.

싱글 시절 외롭게 헤매고 다니던 속초의 곳곳을 남편과 다시 찾았다. 눈길 닿는 곳마다 느낌이 새로웠다. 막내딸이 여섯 살 될 무렵부터 다시 속초에 다녔다. 추운 겨울, 시린 동해 바다를 보겠다고 아이 몸통을 전부 두꺼운 목도리로 감싸고 데리고 간 거다. 어린 딸들은 그래도 좋다며 해변 가를 뛰어다닌다. 내리는 눈을 먹겠다고 입을 벌리고 하늘을 본다. 아이들은 순수하다.

근무했던 도시를 휴양지로 가족과 여행한다는 것은 색다른 경험이다. 나는 4년을 살았기에 이 곳 저곳 다니던 곳들을 가족들에게 보여주었다. 아직 아이들과 가지 못한 곳이 있으니 설악산이다. 설악산은 입구에서만 왔다 갔다 하고 케이블카를 타고 권금성까지만 가보았지 대청봉까지 등반은 하지 못했다.

평창에 근무할 때 산악회에 가입해 회원들과 속초 대청봉까지 등반한 기억은 있다. 그때 하필이면 비가 많이 내려 우비를 입고 힘겹게 올랐다. 중간에 소청산장에서 뜬눈으로 앉아 밤을 지새운 걸 보면 그때는 젊었다는 생각이 든다. 지금 하라고 하면 어림도 없는 불가능한 일이지만 말이다.

식구들과는 속초에 가면 바닷가에서 한참을 수영도 하고 해변 가도 뛰어다니며 즐거운 시간을 보낸다. 영금정도 올라가보고 롯데리조트와 라마다 르네상스가 생긴 뒷길 해변도 걸어본다. 켄싱턴 리조트 설악 비치 앞 해변도 좋다. 물치 항도 우리가 자주 가는 곳이다. 이제는 아이들이 너무 커버려 다들 바쁘고 엄마 아빠와 잘 다니려 하지도 않는다. 부부만 여행을 다닌 지 꽤 돼버렸다.

남편은 일이 있어 춘천에 있고 나는 용산역에서 itx 청춘 열차를 타고 남춘천 역에 내렸다. 거기서 만나 차로 속초에 간다. 속초에 가면 늘 먹는 것이 있다. 순두부마을에 가서 순두부와 도토리묵무침을 먹는다. 또 하나 빼놓지 않는 메뉴는 감자옹심이다. 예나 지금이나 변함없는 맛이다. 숙박은 지금은 이름이 바뀌어 델피노 소노문, 소노캄이라 불리는 대명콘도. 우리는 둘이 가지만 아주 넓은 방을 잡는다. 가까이 하기엔 너무 먼 당신, 남편 때문이다. 방이 두 개는 꼭 있어야한다. 남편 코골이 때문에 밤을 지새운 적이 많았던 나는 방을 두 개를 잡거나 아니면 방이 두 개인 리조트를 예약한다.

어쩌겠는가? 돈을 포기하든, 잠을 포기하든 둘 중 하나는 포기해야 한다. 나이가 드니 하루만 잠을 제대로 못자도 그 다음날 눈에 보이는 게 없다. 잠을 잘 자도 돌아다니는 것이 벅찬 나이이니 잠을 포기할 수 없다. 방이 두 개는 되어야 잠을 잘 수 있다.

다음날 C, D동에 있는 송원 한식당에서 아침을 먹는다. 우리가 사랑하게 되어버린 메뉴가 있다. 짬뽕순두부. 맵지도 않으면서 해물 맛이 깊게 우러난 짬뽕순두부를 한번 먹고 반해버렸다. 갈 때마다 이 메뉴를 시켜 먹는다. 창밖으로 보이는 골프장을 반찬 삼아 먹는 순두부는 참 맛있다. 하늘도 맑고 잔디는 푸르고 아침 일찍부터 나와 운동하는 사람들을 바라보며 먹는 아침은 맛이 없을 수가 없다.

아침을 먹고 대포 항으로 가본다. 예전에는 많이 붐비던 대포 항이 한산한 걸 보면 그렇게 어색할 수가 없다. 정비사업으로 주변이 많이 정리되고 상점들도 깨끗해졌다. 생선구이로 이른 점심을 먹고 물치항에 차

를 세운다. 주변에 있는 정암 해변 몽돌소리를 들으러 간다. 보통의 해변
에 있는 부드러운 모래만 생각하다가 돌을 보니 신기했다. 자갈돌 정도
가 아니라 야구공, 핸드볼 공 크기 정도의 돌이 깔려 있다. 운동화를 신
고 걷기에도 불편할 정도다. 몽돌은 바다 속에 있던 돌이 파도에 의해 육
지로 밀려오면서 씻기고 다듬어진 것이다. 얼마나 파도에 많이 부딪혔
으면 저렇게 다듬어졌을까?

모가 나지 않은 둥근 돌. 몽돌. 크기와 색깔이 제각각이다. 들고 와서

깨끗하게 씻어 집에 두고 보고 싶은 마음이 일었다. 가져가지 말라는 무시무시한 경고장이 붙어 있어 그만두었다. 끝도 없이 펼쳐지는 몽돌해변 길을 약 1시간 정도 걸으니 물속을 걸은 것처럼 피곤했다. 평지가 아니다보니 그런 거다. 옆에 데크 길도 있기는 하다. 몽돌을 보며 우리 부부 생각을 했다. 처음에는 모가 나 있는 돌이었겠지. 세월의 풍파에 깎이고 두들겨 맞다 보니 떨어지고 떨어져나가 둥근 관계가 된 것이겠지. 아직도 뾰족한 부분은 있지만 그래도 많이 둥글어졌다.

속초에는 여러 서점들이 있기는 하지만 꼭 들러보고 싶은 곳이 두 군데 있다. 문우당 서림과 동아서점이다. 문우당 서림은 1984년부터 자리를 지킨 곳이다. 동아서점은 1956년 시작해 3대째 운영되는 집이다. 두 곳의 공통점은 오랜 시간 힘든 길을 걸어 온 지역서점이라는 것과 거부할 수 없는 매력을 지닌 곳이라는 점이다. 문우당 서림은 2층까지 이어져 있는 꽤 넓은 공간이었다. 모든 직원들이 친인척으로 연결되어 있는 이곳은 참 가족적이다. 대형서점이나 감각적으로 꾸며진 서울의 독립서점에서 느낄 수 없는 이곳만의 느낌이 있다. 문을 열고 들어가서 꼼꼼히 서가와 공간을 둘러보면 알 수 있다. 꽤 큰 규모지만 아기자기하게 꾸며 놓아 눈을 뗄 수가 없다. 메마른 감성을 다시 촉촉하게 일깨우는 느낌이랄까? 오랫동안 메말랐던 땅에 시원한 비가 내려 갈증을 씻어주는 기분이 든다. '아, 이런 서점이었구나! 내가 원하던 공간이 이런 곳이었네.' 막연히 생각하던 원하는 서점이 눈앞에 나타난 느낌이다. 이상형이 뭔지 잘 모르다가 어떤 사람을 만나면서 비로소 자신의 이상형을 깨닫

게 되는 기분이다. 한참을 그곳에서 시간을 보내고 남편과 딸 둘에게 선물로 줄 책 한권 씩, 그리고 내가 읽을 책까지 온 식구들 책을 한권씩 꼼꼼히 고르고 샀다.

동아서점은 처음 문을 열었을 때부터의 사진이 카운터 뒤쪽에 보이는데 역사가 도도히 흐르는 서점이라는 느낌을 받는다. 넓은 공간과 서가에 빼곡히 꽂힌 책들로 마음까지 풍성해지는 기분이다. 내가 즐겨 읽는 아무튼 시리즈 중 '아무튼 계속'을 골라 나왔다.

개구리 에피소드

나이가 들어 남편과 속초를 여행하는 날이 오게 될 줄은 몰랐다. 문득 문득 속초 시내를 운전하다보면 옛날 생각이 많이 난다. 잊지 못할 에피소드들이 떠올라 혼자 웃으면 남편이 왜 웃느냐고 물어본다. 그중 한 가지 에피소드만 소개해본다.

속초에 살 때 개구리를 화장실에 버린 끔찍한 일이 있었다. 그때 대학생이었던 동생이 놀러왔다. 하루는 밤에 동생이 비명을 지르며 벌떡 일어나는 거다. 나는 깜짝 놀라 '왜 그러냐?' 고 했다. 이불에서 뭔가 물컹하는 것이 만져진단다. 얼른 불을 켜고 이불을 들추니 믿지 못할 광경이 보인다.

개구리 한 마리가 잔뜩 긴장해서는 꼼짝도 안하고 있는 거다. 이 상황을 어떻게 해결해야할지 머릿속이 하얬다. 벌레만 봐도 소리를 지르는 동생이 해결할 리는 없었다. 그때 생각난 빨간 고무장갑, 맨손으로는 어떻게 할 수가 없었다. 부엌으로 가서 설거지 하는 고무장갑을 가지고 왔다.

새벽에 개구리 때문에 잠을 못잔 것도 억울하고 너무 놀라 10년 감수

한 것도 분해서 나는 그만 그 개구리를 손으로 꽉 누른 채 잡았다. 그리고는 바깥에 있는 재래식 화장실에 던져 버리고 말았다. 어떻게 해야 할지 몰랐다고 하면 변명일까? 그 당시에는 그 방법밖에는 생각나지 않았다. 다음날 아침에 알고 보니 주인집 아주머니가 아저씨에게 개구리 요리를 해주려고 항아리에 담아둔 것들이었다. 그중 답답함을 못 견딘 한 마리가 항아리를 탈출하여 세 들어 살고 있는 우리 방에 침투를 한 것이다. 지금은 웃고 말지만 그때 놀라고 충격 받은 생각을 하면 아찔하다.

그때 다녔던 거리들 중 아직 많은 부분들이 남아 있긴 하지만 새로운 거리와 시설, 조형물들이 많이 들어서서 갈 때마다 낯설긴 한다. 그래도 예전의 추억들이 남아 있어 정겹다.

7

새로운 발견,
전주

전주, 잊을 수 없는 맛집

장소보다 먹거리가 먼저 생각나는 건 그만큼 전주에서 맛본 것이 유별났기 때문일 거다. 비슷한 음식이 전주에만 있는 건 아니지만 전주에서 먹을 때 그 맛이 더 좋았다는 얘기다. 비빔밥 정도만 기대하고 간 우리에게 별스러운 맛을 선물했다. 그곳은 모두 한옥마을을 구심점으로 모여 있다. 첫 번째 숙소로 이동차 택시에서 기사님이 소개해 준 한국관의 비빔밥이 시작이었다. 갖가지 재료가 잘 어우러져 건강해지는 맛이다. 저녁은 '난장'을 구경하고 나와서 춥기도 하고 배도 고파 아무 곳이나 가자고 들른 곳이다. 들어갈까 말까를 고민하던 차에 지나가던 행인이 우리에게 한마디 툭 던지고 간다. '그 집 음식 맛있어요' 우리 대화를 엿듣기라도 한 것처럼. 아무리 보아도 관광객이고 식당 앞에서 들어갈까 말까를 고민하는 모습이 안타까웠나보다.

전주에서 느낀 것은 온 시민이 약속이나 한 듯이 다 친절하다는 거다. 누구 하나 신경질적이거나 불친절한 사람 없이 우리 관광을 도와주라는 특명이라도 받은 듯 거들어주는 거다. 이런 대우 처음 받아본다. 이름도 모르지만 마치 오래 알아 왔던 사람들처럼 우리 곁을 스쳐 지나갔다. 생각만 해도 미소가 퍼진다. 반신반의로 들어간 우리는 안에 손님이 없음을 확인하고 맛을 의심하지 않을 수 없었다. 우리가 식사를 모두 마치고 나올 때까지 추가 손님은 없었다. 우리는 떡갈비세트 3인분을 시켰다. 여기에는 떡갈비와 해물파전과 백순두부가 포함되어 있었다. 여러 가지 찬은 당연히 나오는 거다. 주방에서 한참을 뚝딱 뚝딱 무슨 소린가가 나기는 하고 우리는 '알차게 뭔가를 먹고 싶다는 욕망이 채워지기에 이곳 음식이 과연 충분할까?'로 더욱 초조해져 갔다. 백순두부가 먼저 등장했다. 진짜배기다. 그리고 해물파전, 사이즈는 작지만 제대로다. 메인 요리인 떡갈비를 입에 넣은 순간 우리는 모두 눈을 마주치면서 안도의 숨을 내쉬고 정신없이 먹기 시작했다. 싹싹 비우고 추가반찬까지 요구해서 먹었다. 만족스러운 식사는 행복이다. 그곳은 '매당'이라는 한식당이다.

남부시장의 청년몰에서 찾은 '백수의 찬'은 다시 가고 싶은 일식 맛집이다. 심야식당을 연상시키는 좁은 실내는 이미 두 팀의 손님들이 만족스러운 식사를 하고 있다. 우리가 선택한 메뉴는 하울 정식과 야끼소바, 크로켓 3피스다. 시간이 꽤 걸려 하나씩 우리 테이블에 메뉴가 놓일 때마다 감탄이 새어 나온다. 아기자기한 실내 분위기에 취해 주위를 둘러보던 우리는 음식이 나오자마자 동공이 커지며 냄새라도 날아갈새라 얼른 사진부터 찍어두었다. 야끼소바부터 맛본다. 탱글탱글 면발에 알맞게 둘러쳐진 마요네즈 소스, 가쓰오부시의 흔들림, 락교, 양배추 그리고 간장 양념이 어우러진 맛으로 입안이 꽉 찬다. '하울의 움직이는 성'에서 하울이 소피에게 만들어준 정식, 이렇게 독특한 메뉴를 생각해 내다니 놀라웠다. 두툼한 베이컨에 양파와 달걀, 그리고 바게트가 푸짐하게 놓였다. 도대체 무슨 짓을 한 건지. 이것저것 맛보느라 우리는 다른 생각을 할 수가 없었다. 방점을 찍은 것은 크로켓 3피스다. 우리가 예상한 크로켓 사이즈의 약 2배 정도 되는 큰 세 덩어리가 나왔다. 안은 감자 외에 양파와 치즈로 꽉 차 있고 나이프로 자르지 않으면 먹을 수 없는 엄청난 사이즈의 크로켓이였다. 입 안 가득 담백하고 고소한 튀김의 맛이 퍼지며 우리는 서로의 표정과 손짓으로 행복을 표현했다. 광산에서 다이아몬드를 찾았어도 이보다 행복할까? 그 순간 우리는 행복의 끝에 서 있다. 다음날 다시 가고 싶어서 인스타그램으로 핸드폰으로 어렵게 연락을 시도해보았지만 우리 출발 시간과 맞지 않아 또 맛보지는 못했다. 전주에 이것만 먹으러 간다고 해도 아깝지 않을 그런 맛을 선사했다. 음식으로 세상을 구원하는 건 이런 거구나 싶게 마음에 드는 맛이다.

교동다원은 한옥마을 중심부 은행로에 있다. 대로를 걷다 표지판을 보고 조금 뒤 골목으로 들어가니 너른 마당이 나온다. 안을 엿보니 우리가 찾아 헤매던 실내모습이다. 별관에도 테이블과 의자가 있긴 하지만 우리는 좌식이 원형의 모습인 듯싶어 그곳으로 들어간다. 손님이 많을 때 별관으로 안내하는 것 같다. 기대를 가득 안고 메뉴판을 열심히 들여다본다. 잠을 잘 못자는 나는 음료를 고를 때 무조건 카페인이 없는 것을 우선한다. 물어보니 모두 커피보다는 카페인이 덜 들어가 있다고 한다. 그래도 조심스럽게 가장 카페인이 적은 가바오룡을 주문한다. 디저트류는 양갱과 설기가 있다. 우리는 차 3인분에 단호박양갱, 흑임자양갱, 쑥설기를 시킨다. 잠시 후 우리의 눈을 의심한다. 작품이 나왔다. 먹으라는 건지 보기만 하라는 건지. 예술품이라고 해도 믿을 만한 앙증맞고 완벽

한 자태의 양갱과 쑥설기가 놓여진다. 차를 마시는 것에 대해 설명한다. 우선 큰 보온병이 나온다. 작은 다관 전체에 뜨거운 물을 충분히 부어준다. 그리고 안에 뜨거운 물을 부어준다. 10초 정도 기다렸다가 작은 잔에 따라 마신다. 쑥설기는 그동안 수없이 먹어온, 백설기나 무지개설기의 맛과 달랐다. 훨씬 밀도는 낮으면서 완성된 맛이다. 쑥 향이 은은히 풍긴다. 양갱은 미니찻상과도 같은 접시위에 그 자태를 드러낸다. 무너뜨리기 아까운 모양이다. 눈으로 먹는다는 것이 무슨 말인지 실감한다. 돔 모양의 두 양갱은 맛도 철저히 그 이름에 충실하다. 단호박과 흑임자맛이 제대로다. 달지도 않고 담백하게 입에 감긴다. 거기서 멈췄어야하는데 후식으로 먹으러온 다원에서 우리는 끼니보다 더 진도를 나간다. 쑥

설기를 하나 추가한다. 거기까지도 괜찮았다. 약과를 포기할 수가 없다.
밀가루를 되도록 멀리하던 나는 드디어 교동다원에서 스르르 무너진다.
약과를 주문했다. 내가 원하던 맛을 넘어선다.

고신당에는 이른 저녁을 먹고 KTX를 타려는 우리에게 안성맞춤의 메뉴가 있었다. '이걸 먹고 배가 찰까?' 의심을 안고 문을 열었다. '단팥죽이 너무 달면 어쩌지? 단팥죽 양은 얼마나 될까?' 먹는 것 앞에서 우리는 무슨 시험이라도 치르러 가는 것처럼 긴장을 한다. 메뉴가 썩 마음에 들지 않지만 이미 비빔밥과 떡갈비에 질린 우리에게 선택지가 없었다. 단팥죽 3인분에 가래떡 구이 2인분을 시킨다. 드디어 우리 앞에 흡사 보온 도시락 용기와도 같은 곳에 담긴 팥죽이 놓인다. 뚜껑을 열자마자 "우와!"를 연발하지 않을 수가 없다. "이게 도대체 뭐야?" 작은 찰떡, 밤, 여러 가지 견과류가 꽉 들어차 있다. 뜨끈한 죽을 한입 떠 입에 넣어본다. 달지도 않으면서 부드러운 맛이다. 다른 재료와 섞어 먹으니 든든하다. 뒤이어 나온 가래떡 구이. 보통의 가래떡을 3등분한 크기로 높이 쌓아올렸다. 구운 떡을 조청에 찍어 먹는다. '팥죽과 가래떡이 원래 이렇게 훌륭한 짝이었나?' 정신없이 그릇이 비워지고 사장님께 잘 먹었다는 인사를 따뜻이 건네고 나온다. 왜 이렇게 고마운 거야? 돈을 냈는데 내가 더 고마워한다. 우리의 여행을 채워줘서 고마워요. 잊지 않고 또 오고 싶다. 오로지 이 음식들을 맛보기 위해서. 적당한 식도락은 무엇과도 견줄 수 없이 인간을 행복하게 해준다. 어디에서 누구와 맛보았는지도 물론 중요하다. 딸들과 맛있는 것을 원 없이 먹어본 전주여행은 또 아름다운 추억을 선물해준다.

전주, 놓칠 수 없는 체험

광명역에서 1시간 반이면 닿을 수 있는 곳이건만 쉽게 가지지 않았다. 역사에 관심이 많은 작은 딸이 가자고 해서 결정하게 되었다. 평일, 그것도 월요일인데 KTX 안은 거의 차 있었다. 도착 후 택시를 타고 호텔로 이동했다. 20분정도 걸린다. 도대체 어떤 곳일지 궁금했다. 작은딸이 고른 태조궁호텔은 외관부터 한국의 전통적인 아름다움을 표출하기 위해 애쓴 노력이 돋보이는 곳이었다. 1층에는 한국과 서양의 인테리어

를 뒤섞은 모양새를 한 카페가 자리하고 있었다. 우리는 온돌방을 원했고 들어가 확인해보니 셋이 지내기에 전혀 부족함이 없는 곳이었다. 둘째 날 가게 된 라한호텔은 규모가 상당한 호텔이었다. 다른 도시에도 여러 군데 같은 이름의 호텔이 있었다. 제일 맘에 드는 부분은 1층 로비 옆에 북카페가 있다는 것이다. 체크인 한 날 저녁과 그 다음날도 그곳에서 많은 시간을 보냈다. 눈길을 끄는 책과 아기자기한 볼거리들이 공간을 메우고 있었다. 층고가 높은 곳에 꽂힌 다양한 책들을 바라보기만 해도 행복했다. 결국 두 권을 구매하고 말았다. 두 호텔 모두 가성비가 뛰어난 곳이다.

전주 관광의 중심은 단연 한옥마을이다. 한옥마을을 중심으로 관광지와 먹거리가 포진해있다. 눈뜨면 한옥마을로 걸어갔고 이곳을 거치면 쉽

게 관광지에 도착할 수 있었다. 날씨가 추워서 그런지 사람들이 많지는 않았다. 그래도 젊은이들이 화려한 한복과 경성시대 복장을 하고 돌아다녔다. 그것만으로 충분히 볼거리가 되었다.

중심부에는 어진박물관을 품은 경기전이 있다. 태조 이성계의 영정이 봉안된 곳이다. 태조의 어진을 전시하고 있는 박물관을 둘러보는 막내딸의 눈이 흥분으로 가득 차 있다. 사람 욕심이 한이 없으니 넓은 마당과 잔디를 보노라면 이 추운 계절만 아니면 더 좋았겠다 싶은 생각이 든다는 것이다. 나무들도 어찌나 수령이 오래되었는지 이 겨울에도 위용을 보이

는 걸 보면 다른 계절에는 어땠을까 짐작도 가질 않는다.

난장은 추억놀이를 하기 좋은 곳이다. 나에게는 익숙한 풍경이지만 어린 막내딸에게는 눈이 휘둥그레지게 신기한 풍경이 많은 곳이다. 발길을 돌릴 줄 몰라서 큰딸과 내가 끌고 나오느라 애를 먹었다. 입장권이 7,000원이라 다소 비싸다며 불평을 하고 돌아보는데 나중에 나올 때는 왜 그 정도를 매겼는지 알 수 있었다. 4층까지 꾸며서 전시를 했는데 물론 오래되긴 했지만 규모가 꽤 있었다. 예전 1960년대쯤을 재현한 듯 그당시 온갖 상점을 세트로 만들어 놓은 것이다. 문방구, 미장원, 우체국, 대장간, 만화방, 책방, 자전거포 등 상점의 개수는 셀 수도 없었다. 장터 풍경과 거리, 그 당시 학교의 교실풍경까지 비슷하게 만들어 놓았다. 상업학교에서 치는 타이프도 책상에 여러 개 진열되어 있었다. 지금도 눈

에 그릴 듯이 선명한 교실 속 난로와 그 위에 겹겹이 쌓아올린 도시락, 따뜻하게 구워지던 도시락과 그 맛이 지금도 생생하다. 딸들에게는 낯설고 신기한 모습이었을 거다. 한참을 정신없이 구경하고 나왔다. '지금의 모습이 몇 십 년 후 재현되면 우리 후손들은 뭐라고 할까?' "어떻게 저렇게 살았지? 참 신기하다"를 연발할 모습을 생각하니 기분이 좀 이상했다.

공예전시관 옆 전시실에서 무료전시가 있어 발길이 스르르 그곳으로 향했다. 잘 모르기도 하고 관심도 없는 벼루를 전시하고 있었다. 그러나 이곳이 전주여행의 하이라이트를 장식할 줄 몰랐다. 전시된 벼루를 보는 우리의 입은 다물어지질 않았다. 이렇게 멋있는 벼루를 본적도 없고 그 작가들이 여러 명 그곳에 있다는 것도 놀라웠다. 작품을 보면 섬세하고 아름다운데 작가들은 옆집 아저씨같이 친절하고 수더분한 모습이었다. 자신들의 작품에 대한 자부심이 대단했다. 체험을 하라며 화선지를 깔고 먹을 갈아 붓을 내미신다. 모든 것을 궁금해 하며 적극적인 막내딸은 좋아라했다. 뭘 쓰는가 보니 자신의 이름을 큼지막하게 쓴다. 예술고등학교 미술과 입학을 앞둔 막내딸은 붓으로 채워지지 않은 부분은 덧칠을 했다. 둘러서 있던 작가들이 웃음을 참지 못한다. 서예는 덧칠하는 거 아니라며. 그러거나 말거나 딸은 열심히 이름을 힘 있게 쓴다. 문제는 말리는 거였다. 물기 많은 붓으로 써서 화선지가 조금 찢어지기도 했고 말리느라 시간이 걸려 꼼짝없이 그곳에 앉아 있었다.

찬찬히 벼루들을 살펴본다. 특별한 지역에서 나는 돌을 채굴하여 연장으로 조각을 한 것인데 '사람의 손이란 참 대단하구나'라는 생각이 들었다. 어떻게 이 문양을 디자인하고 또 실현시키는 것인지 놀랍기만 했다. 제일 기억에 남는 벼루는 등잔벼루였다. 벼루 한편에 등잔이 있어 양초처럼 불을 붙일 수 있다. 안에는 심지와 기름이 들어있다. 벼루에 먹을 갈아 조금의 물기가 있으면 등불로 인해 그림자가 비친다는 거다. 그 모습은 상상만 해도 대단히 운치 있고 아름답다. '어떻게 이런 생각을 했을까?' 예술은 끝이 없고 예측불허하다. 실현해 놓으면 별거 아닐 수도 있지만 남들이 하지 못하는 생각을 하는 그 능력이 창의력일 것이다.

도시를 여행할 때 꼭 한 번씩 일부러 가게 되는 곳이 있는데 바로 동네

책방이다. 전주도 예외는 아니라 한곳만 들러보기로 했다. 이곳도 한옥마을에서 약 도보로 20분이면 도착한다. 서점 '카프카' 카프카의 모습이 커다랗게 걸려있는 1층을 지나 계단을 오르면 널찍한 서점이 펼쳐진다. 넓은 테이블과 의자, 카페 카운터, 그리고 다량의 책과 창가 석 의자까지. 많은 사람이 모여 공연도 감상할 만큼 큰 공간이다. 사장님과 길게 얘기는 하지 못했다. 그저 책을 열심히 둘러보고 뭐라도 구매해서 나오는 것이 책방을 사랑하는 표현의 최대치일 것이다. 책은 이미 라한호텔 북카페에서 산 것이 있어 이곳에서는 벽에 걸어놓을 만한 예술포스터를 선택했다. 공간의 전체 분위기는 빈티지했고 동네책방만이 낼 수 있는 특유의 분위기를 풍기고 있었다. 우리가 나오는데 다른 여자 둘이 책방으로 들어간다. 제발 많은 사람들이 이 공간을 찾아와주길 바란다.

미술에 관심이 많은 막내딸이 지나칠 리가 없는 곳이 자만벽화마을이다. 한옥마을에서 조금만 벗어나 15분가량 걸으면 언덕에 마을이 보인다. 다양한 벽화들이 눈을 즐겁게 해준다. 구불구불한 길을 이쪽 저쪽으로 왔다 갔다 하며 그림도 보고 마을도 본다. 행여나 거주민들에게 불편을 줄까 조심하며 조용히 걸었다. 애니메이션 주인공부터 오래된 팝가수들의 초상화, 상상화까지 다양한 장르의 대상들이 벽에서 살아나올 듯 생생하게 그려져 있다. 몇 군데 빈집도 눈에 띄었다. 그곳에서 발견한 길냥이 5마리. 엄마가 새끼고양이를 품고 있었다. 딸들이 마침 슈퍼에서 산 소시지가 있어 그걸 던져주니 고양이가 잘 받아먹는다. 벽화보다 고양이를 본 것이 더 인상적이었다는 딸의 말에 나는 순간 멍해진다. 여행가방에 고양이 간식을 챙기는 막내딸이다. 고양이를 좋아하지만 집에서 키우지 못해 늘 갈증을 느끼고 아파트 주변에 돌아다니는 고양이를 보고 싶어 한다. 만나면 얼른 간식을 준다.

막내딸의 권유로 가게 된 두 딸과의 전주여행. 쉽게 가지지 않는 아래 지방을 섭렵했으니 앞으로 다른 곳들도 갈 엄두를 낼 수 있을 듯하다. 여자 셋이 가는 여행은 마음도 몸도 편하다. 온돌방 하나에 짐을 풀어놓고 좋아라 춤도 추고 집에 없는 TV도 실컷 본다. 조식에 목숨 건 큰딸은 아침부터 4접시를 가볍게 비우고 트림을 한다. 다 큰 딸들인데도 내 눈에는 한없이 사랑스럽기만하다. 내가 늘 보호하고 데리고 다니던 어린 딸들이 이렇게 성장해 나를 데리고 다니는 것이 신기하기만 하다. 큰딸은 우리를 원하는 곳으로 안내한다. 구글 지도 하나면 우리가 말하는 곳을

척척 찾아낸다. '엄마, 이리와' 딸 뒤로 적당히 거리를 두며 걸어간다. 막내딸은 자세히 꼼꼼히 오래 본다. 그래서 발견하는 것이 많고 그것을 간단히 그리기도 한다. '역시 예술가의 시각은 다른 이들과 다른가보다' 하고 새삼 느끼게 된다. 또 짐꾼 노릇도 마다하지 않는다. 무거운 캐리어 끄는 것이 뭐가 그리 좋은지 우리에게 양보를 하지 않는다. 택시 트렁크에 캐리어를 넣고 꺼내는 어려운 작업을 혼자 척척 해낸다. 역사내의 에스컬레이터가 설치되지 않은 계단에서는 캐리어를 번쩍 들고 오르내린다. 두 딸이 없다면 나는 이제 여행도 못할 거 같다.

　먹고 싶은 것, 사고 싶은 것, 가고 싶은 곳은 왜 그리 많은지. 집에 가는 날인데도 막내딸은 여기와 여기를 가야한다며 새로운 장소를 읊어댄다. 불가능한 얘기다. 딱 한군데만 고르라고 하자 입을 내민다. 내 눈에는 그다지 새로울 것도 없는 곳이건만 청소년의 눈으로 보면 모든 것이 신세계인가보다. 비싼 돈 써가며 하는 여행인데 어딜 가도 시큰둥 흥미를 보이지 않는 것보다 낫다. 또 셋이 가니 시너지 효과가 대단하다. 서로의 관점이 다르고 관심사도 다르지만 그래서 더 좋기도 하다. 서로의 부족한 점을 메워준다고 해야 하나? 누구 하나가 기억 못하는 것을 다른 사람이 떠올려준다. 그래서 큰 사고나 실수 없이 즐거운 여행을 잘 마치고 좋은 기억만 한 아름 안고 집으로 돌아온다. 실패한 여행, 후회되는 여행은 별로 없다. 크게 사고가 있거나 많이 다투지 않으면 여행을 함께한 이들은 서로 더 돈독해지고 한결 가까워진다. 이번 여행도 그랬다.

8

우리의 밤바다,
여수

불행 끝, 행복 시작

싸우지 않는 부부는 건강하지 않다고들 한다. 부부 사이의 적당한 갈등과 말다툼은 늘 있기 마련이라는 얘기다. 살다보면 갈등이 깊어져 대화가 아예 끊기는 위험한 부부들도 있다. 얘기해봐야 서로 자기 주장만 할테고 상대방의 얘기를 들어주지 않는다는 생각을 한다. 그러니 깊은 대화는 피하고 겉도는 사무적인 얘기만 하며 지내는 부부도 더러 있을 것이다. 그러다 보면 '우리는 부부가 맞나?' 싶은 생각이 들 것이다. 이혼을 불사할 자신은 없고 배우자와 웃으며 잘 지낼 기미는 안 보이고. 어렵다. 그 어떤 수학문제가 이보다 어려울까 싶다.

우리부부도 예외는 아니다. 앞서 언급했듯이 많이 다르다. 서로 본인이 정상이라고 우긴다. 결론은 둘 다 정상이다. 그저 다를 뿐이다. 그러나 현장에서의 갈등은 치열하다. 양보를 하는 듯 하지만 결국 자기의 주장을 내민다. 기회를 포착하면 덥석 잡아채고는 자신의 평소 생각을 설파한다. 상대방이야 고개를 돌리든 말든 하고 싶은 얘기를 던져 놓는다.

문제는 해결되지 않고 갈등은 꼬리에 꼬리를 문다. 이럴 때 필요한 건 뭐? 바로 여행이다. 둘이 머리 터지게 싸워봤자 안될 때는 환경을 바꿔

보는 거다. 국내여행 정도는 해볼 만하지 않은가? 둘의 사이가 심상치 않게 돌아간다 싶었는지 여행에 대한 갈망이 무르익었다 싶을 때 쯤 남편이 한가한 시간을 얘기한다. 나는 재빨리 컴퓨터에 앉아 KTX열차를 예매한다. 말이 떨어지기가 무섭게 대기하고 있다가 꼼짝 못하게 호텔을 예약해버린다. 취소하기는 너무 어렵다고 얘기한다. 수수료가 어마어마하다고도 말해버린다. 남편은 열차예매와 호텔예약을 해 본 적이 없어서 잘 모른다.

광명에서 여수까지 약 3시간. 남편과 열차로 여행을 가보는 건 처음이다. 여수엑스포역에서 내린다. 갑자기 많은 사람이 내리니 우리처럼 여수가 처음인 사람들은 택시 잡기가 쉽지 않다. 줄이 길어서 포기하고 점심으로 갈치조림을 먹는다. 그러고도 한참을 헤매다가 겨우 택시를 잡아타고 호텔에 짐을 부리러 간다. 온돌방 두 개. 이번에도 방 두 개를 잡는다. 이유는 앞에서 언급했듯이 편안한 잠을 위해서 서로 다른 방에서 자기로 한다.

처음으로 방문한 관광지는 오동도. 우리는 애초부터 관광지등에 별 관심이 없지만 그래도 한 군데 정도는 가봐야 할 거 같아 오동도로 향한다. 날씨가 좋다. 일 년 중 굳이 꼽으라면 주관적으로 약 20일 정도 될 거 같은 환상적인 날씨. 바다를 왼쪽에 두고 우리는 인도로 걸어간다. 자전거길은 따로 되어 있다. 그리 멀지 않아 오동도가 나온다. 섬 전체가 동백

꽃이다. 겨울에 오면 더 멋있겠지. 제주도의 카멜리아힐에서 동백꽃을 많이 보긴 했지만 여수에서 보는 동백나무도 좋았다. 섬은 풍성하고 건장한 나무들로 인해 온통 그늘이다. 잎이 무성하니 나무들이 하늘을 덮고 있다. 바다에서 불어오는 바람과 나무가 베풀어주는 그늘로 시원하다. 여름에 오면 다른 곳보다는 이곳으로 무조건 피서를 와야 할 거 같다. 여기 저기 사진 찍기 좋게 또 바다를 감상하기 좋으라고 만들어놓은 스팟이 많았다. 어디를 보아도 푸른 바다와 싱그러운 나뭇잎들이다. 사진을 찍어 보이니 남편은 계속 자기만 너무 늙어 보인다며 불만이다. 나이가 들었으니 늙어 보이는 건 당연한 건데 그래도 사진 속 모습이 마음에 안 드는 모양이다.

계속 독사진과 셀카만 찍기가 아까워서 남들한테 부탁을 해본다. 젊은 사람들은 사진을 잘 찍는다. 그에 반해 나이가 든 분들이 찍은 사진은 별로 잘 나오지 않는다. 우리도 나이든 사람들이니 공감하고 이해하지만 어쩔 수 없는 슬픈 현실이다. 대상은 같은데 젊은 사람들은 우리의 단점보다는 장점이 부각되도록 잘도 찍는다. 심지어 우리에게 다른 포즈는 없냐며 웃으라고 너스레를 떨기도 한다. 덕분에 어색한 미소도 지어본다.

이렇게 저렇게 새로운 곳에 정신을 팔며 다니다 보니 어느새 우리가 팔짱을 끼고 있다. 손도 잡고. 부부가 팔짱 끼고 손을 잡는 게 무슨 얘깃거리냐고 하겠지만 여행을 떠나기 전 우리는 영혼 없는 대화에 눈길도 서로 주고받지 않는 상황이었다. 사무적인 부부. 꼭 해야 할 말만 하고 필요할 때만 카톡을 주고받았다. 그런데 어느새 우리는 가까워져 있었다.

여수 밤바람

장범준의 '여수 밤바다' 덕분에 여수에 오면 왠지 꼭 밤바다를 봐야만할 거 같은 기분이 든다. 우리도 어슬렁거리다가 우연히 야경을 보게 되었다. 꼭 의도적으로 봐야만 한다는 생각 자체가 없다. 가다가 얻어걸리면 감상하자는 그런 식의 여행을 하고 있었다. 오동도에서 돌아오면서 저녁으로 뭘 먹을까를 고민한다. 검색할 때 보았던 낭만포차를 가고 싶었지만 어디에 있는지 잘 몰라 헤매고 있었다. 꼭 가야겠다는 생각도 없었다. 어딘지도 모르고 걷고 있는데 하나둘씩 바다를 앞에 둔 식당들이 눈에 들어오기 시작한다. '여기인가?' 생각하고 있는데 우리 눈앞에 낭만포차들이 펼쳐졌다.

이럴 때 왜 이렇게 기분이 좋은지, 적은 금액의 로또라도 당첨된 것처럼 머릿속이 시원해진다. 찾아간 것도 아닌데 우연히 원하는 대상이 우리 앞에 나타날 때 더 반갑다. 그 중 한집을 골라야하는데 여러 집 중 하나를 고르는 것은 쉬운 일이 아니다. 서로 상대방이 골라주기를 은근히 바라고 있다. 선택을 잘 못했다가 맛이 없을 때를 대비하여 공을 자꾸 넘긴다. '여기로 들어가자'. 내가 한 군데를 지정하자 남편이 좋다고 한다. 평소에 소라를 좋아하는 남편의 식성을 아는지라 소라와 갑오징어, 문

어를 세트로 한다는 메뉴를 보고 고른 것이다. 식당에 들어가 생각한 메뉴를 시켰다. 다행히 바다 바로 앞 테이블에 자리를 잡았다. 오랜만에 남편이 소주를 시킨다. 나는 맥주다. 안주를 앞에 놓고 바다를 옆에 놓고 앉으니 행복하다. 평소 속초를 자주 갔었는데 여수는 또 다른, 많이 다른 분위기를 선사한다. 한 잔 두 잔, 오랜만에 약간 과음한 남편이 무엇인가에 울컥 조금 눈물을 보이기도 한다. 남자들도 늙으면 갱년기가 오는지, 고생을 많이 해서인지 바다와 소주에 취해 눈가가 촉촉하다.

해물라면을 곁들여 잔을 비우고 우리는 행복한 기운에 취해 식당을 나선다. 남들은 뭘 먹고 있나 기웃거리며 다른 낭만포차를 둘러본다. 그런데 어디선가 케니지의 색소폰 연주소리가 들린다. 처음에는 음악을 틀어

놓은 줄 알았다. 알고 보니 낭만포차 옆 광장에서 실제로 연주를 하는 거다. 익숙한 멜로디에 사람들이 자석처럼 하나둘씩 모여든다. 한 곡씩 연주가 거듭될 때마다 사람들은 점점 많아진다. 색소포니스트 고민석. 매력있는 연주가. 연주, 외모, 입담이 최고의 연예인급이다.

연주에 흠뻑 취해 관중들 중 한 두 사람이 앞에 놓인 박스에 지폐를 넣기 위해 나오면 고민석은 과장된 몸짓과 연주로 화답한다. 그 모습이 재미있다. 신나는 노래도 연주한다. 원하면 나와서 춤을 추라고 하자 꼬마 여자 아이가 나온다. 연주가와 어린 여자 아이가 신나게 연주하고 춤을 춘다. 여자 아이는 온몸으로 연주를 즐기며 춤을 춘다. 안고 나온 곰인형을 하늘 높이 던졌다가 받는 묘기도 부린다. 사람들이 환호한다. 저러다 말겠지 했는데 연주가 끝날 때까지 힘껏 춤을 춘다. 어린 여자아이에게서도 배울 점이 있다. 그 순수함을 추앙한다. 다른 조용한 노래로 넘어가자 이번에는 나이가 조금 있는 여자 분이 나와서 리듬에 맞춰 춤을 춘다. 그 어떤 비싼 장소의 공연과 관중들의 환호보다 더 순수하고 거칠고 재미있는 무대였다. 거의 모든 레퍼토리가 대중들이 잘 아는 곡이었다. 신나는 노래가 나올 때는 연주자도 방방, 관중들도 방방, 와! 이런 좋은 공연과 분위기를 공짜로 구경하다니. 남편은 술도 먹었고 분위기도 좋으니 기분이 업되어 연신 미소를 짓는다. 얼마 만에 느끼는 행복감인지 모르겠다. 5월이지만 바닷바람은 매서웠다. 그러나 그 추운 여수 밤바람을 맞으며 우리의 마음은 따뜻함에 물들어갔다.

카페가 뭐길래

KTX를 타고 와서 차가 없고 렌트도 하지 않았다. 가고 싶은 곳만 택시로 이동한다. 조금 불편하긴 하지만 평소 운전을 많이 하는 남편은 열차를 선호했다. 그러다 보니 현지에서 걸어 다닐 일이 많기는 하다. 둘째 날 바닷가를 갔을 때는 돌아올 일이 걱정이다. 검은 모래 해변에서 맨발걷기를 하고 다른 해변이 궁금해졌다. 지나가는 사람들에게 물어보니 30분 정도 걸으면 다른 해변이 나온단다.

사실 검은 모래 해변은 모래가 검기는 한데 거의 자갈밭이라 맨발로 걷기에는 적당하지 않았다. 그래서 다음 해변까지 걸어서 이동했다. 모사금해수욕장. 이곳은 해변이 모두 고운 모래다. 여기서도 한참을 맨발로 걸으며 바다를 감상했다. 건강도 챙기고 풍경도 챙기니 마음이 풍성해진다. 그런데 주변에 식당가도 없고 한두 개 있는 식당은 우리 취향이 아니었다. 난생 처음 편의점 순두부찌개 맛을 보았다. 계속 망설이던 남편은 선택지가 없으므로 어쩔 수 없이 레인지에 데운 찌개를 먹을 수밖에 없었다. 나는 단팥죽을 먹었다. 당시에는 좀 황당했지만 돌아보면 모두 재미있는 추억이다. 여행에서는 편의점 음식을 먹은 것도 추억이 되다니 좀 억지인가?

바닷가에서 택시를 잡으려니 보이지 않는다. 다른 사람의 차량을 히치하이크라도 해야 하나? 요즘 같은 험난한 세상에 모르는 사람을 누가 태워줄까? 카톡 택시를 불러보기로 했다. 앱에서 11분 안의 택시를 검색하고 있다. 다행히 바로 신호가 온다. 휴! 다행이다. 근방을 지나던 택시가 없었다면 난감한 상황이 될 뻔했다. 한참을 기다려도 택시를 탈 수 없다면 우리는 많이 힘들었을 거다. 그러나 불안한 상황은 종료다. 이런 작은 스릴도 여행지에서는 또 기억에 남는 하나의 에피소드라면 지나친 긍정인가?

이런 것들이 모두 차를 가져가지 않아서 생긴 상황이다. 차를 가져가서 맘대로 움직였더라면 조금 이동해서라도 제대로 된 식당을 찾았을 것이고 택시를 타기 위한 걱정을 하지 않아도 되었을 거다. 그러나 약간의 불편이 재미있는 얘깃거리로 남을 수 있다.

마지막 날은 오후 6시 열차라 시간이 충분한데도 마음이 여유롭지는 못하다. 멀리 가기는 그렇고 해서 수산시장 구경을 가자고 했다. 호텔에서 나와 뚜벅 뚜벅 걷다가 버스를 탈까 말까 고민만 하고 있었다. 그러다가 정해놓은 약속도, 우리를 기다리는 사람도 없으니 조금 더 주변을 구경하자고 했다. 걷다보니 조선소가 보인다. 배를 뒤집어 놓고 보수를 하는 모습이나 용접하는 모습이 신기한지 남편은 열심히 쳐다본다. 우리가 이런 구경을 언제 하겠냐며. 내가 하는 것과 다른 분야의 일을 열심히 하는 사람의 모습은 신선하다. 그리고 그 자체로 아름답다.

  그렇게 걷다가 발견한 카페, '하얀 파도'는 길가에 있다. 바다가 코앞이고, 건물전체가 하얗다. 3층 건물인데 우리는 1층에 앉았다. 레몬티와 바닐라라떼 한잔을 놓고 호들갑을 떤다. 바다를 앞에 두고 차를 마시니 세상 부러울 게 없다. 창으로는 온통 바다다. 양쪽에서 배들이 출항하고 앞에는 작은 섬도 있다. 섬을 빙 둘러 걸을 수 있게 길도 다져 놓았는데 우리는 가보지 못했다. 늘 그렇듯이 다음을 기약했다. 카페가 뭐길래. 여수 여행에서 본 것 중 제일을 꼽으라면 이 카페를 말할 거 같다. 남편도 그렇단다. 오래간만의 합일이다. 관광지도 아니고 유명한 곳도 아니며 핫

플도 아닌 거 같은 신상 카페. 나는 이 카페와 전혀 관련이 없는 사람이다. 그저 지나가다가 들른 손님일 뿐이다. 호텔부근 동네에 있는 하얀 건물. '커피나 마실까?' 하고 우연히 들른 이곳이 머리에서 떠나질 않는다.

이렇게 여행에서는 대단한 것이 기억에 남는 게 아니고 작은 것들이 장면으로 머릿속에 각인된다. 약 20년 전 동생과 독일 뮌헨을 여행했다. 제일 기억에 남는 건 호텔 밖 창문으로 내렸던 비다. 왜 그 비가 그렇게 특별했을까? 그곳이 평소 가고 싶었던 뮌헨이었기 때문이다. 아무 이유가 없다. 비가 나라마다 다를 리는 없다. 한여름 서늘히 내리던 아침비가 왜 그렇게 가슴을 적셨던지. 한참을 바라본 기억이 지금도 선명하다.

홍콩에서 기억나는 건 어느 로컬 식당이다. 오래 전 여행이지만 그 식당에 발을 들여 놓는 순간의 장면은 마치 정지 화면처럼 내 머릿속에 남아있다. 왁자지껄한 분위기. 현지인들로 가득 찬 그 식당의 분위기가 잊히지 않는다. 하나도 특별할 것 없는 그 식당이 내게는 스틸사진처럼 저장된다. 역 근처 뒤 골목에 자리한 현지인들만 아는 식당. 누구나 드나드는 평범한 홍콩식 밥과 면을 파는 식당. 아주 작은 것들, 일상적인 것들도 여행자에게는 특별한 것으로 다가온다.

카페에서 차 한 잔 마신게 뭐 특별하냐고 하겠지만 그날 그때 그곳은 우리 부부에게 인상 깊게 다가온다. 사이가 별로 좋지 않았던 부부가 갑자기 떠난 여수, 동네를 어슬렁거리다 만난 지중해풍의 카페건물. 그곳의 실내는 하얗고 밖에 보이는 풍경은 온통 푸른 하늘과 푸른 바다, 그리고 작은 섬과 물 위를 떠가는 배. 많은 대화를 하지 않아도 좋았다. 서로의 어려움과 오해가 서로를 향한 비난과 불만이 모두 녹아내린다. 우리는 '이래서 서운했고 이런 게 불만이었다'고 말하지 않았다. 발길 닿는 대로 걸을 때마다 우리의 오해는 저절로 풀렸다. 맛있는 걸 먹으며 감탄할 때마다 불만은 저절로 해소 되었다. 그래서 여행이 필요한가보다. 미리 검색해 온 바다가 잘 보인다는 카페도 있었지만 우리는 이곳 '하얀 파도'로 대만족이다. 이곳보다 더 좋은 카페는 여수에서 못 찾는 걸로 내 마음에 정리하고 우리는 그곳을 맘껏 즐기다 나왔다. 다음에 또 올 거라 다짐하며.

이슬아는 '아무튼 노래'에서 남동생에 대해 말한다.

가족이어도 다 알 수가 없다. 모른다는 것을 알아야만 한다. 그는 나랑 너무 닮은 미지의 타인이다. 모르면서도 너무 애틋한 타인이다.

여기서 그는 남동생을 말하는 것이다. 이 부분을 읽으며 나는 남편을 떠올린다. 그동안 남편에게 너무 많은 것을 알려고 하고 닮으라고 요구했다는 생각이 든다. 남편은 가장 가깝지만 미지의 인물이다. 내가 아무리 노력해도 알 수 없다. 또 아무리 애써도 바꿀 수 없다. 최대한 가까워지기 위한 효율적인 방법은 새로운 곳을 함께 가보는 거다. 우리는 그 여행을 통해 함께 하는 아름다운 추억을 쌓아가며 서로의 거리를 좁혀간다. 그런 희망을 품어본다.

9

우리의 놀이터,
제주

처음 같은 제주

제주는 모두 겨울에만 4번 다녀왔다. 1997년 IMF당시 거의 전 국민이 해외여행을 가지 않았다. 교사인 나는 직원회의 시간에 해외여행을 가지 않는다는 선서까지 했던 것으로 기억이 난다. 결혼을 앞두고 가전제품이나 화려한 가구에 별관심이 없던 나는 신혼여행을 유럽으로 가고 싶었다. 하지만 그럴 수 없는 분위기였다. 결국 택한 곳은 제주. 관광지인 속초에서 4년 근무를 했고 경주는 별로 가고 싶지 않았다. 부산은 왠지 낯설었다. 그러다 보니 선택의 여지는 없고 저절로 우리의 신혼여행지는 제주가 되어버렸다. 신혼여행은 특수한 이벤트다. 뭘 보고 뭘 먹는지가 그다지 중요하지 않다. 옆에 있는 사람이 좋으니 어디를 가든 무슨 음식을 먹든 어떤 행동을 하든 괜찮았다. 지금은 어림 반 푼어치도 없는 소리지만. 겨우 2박 3일 짧은 신혼여행, 여미지 식물원을 구경한 기억밖에는 아무것도 남지 않았다. 남편이 차를 렌트했고 서귀포 KAL 호텔에서 숙박을 했다. 둘째 아이가 초등학교 1학년 때 육아휴직을 했다. 그때 가족들과 제주를 찾았다. 만장굴과 천지연 폭포를 구경했다. 노란 잠수함을 타고 바다 속을 보았다. 그때 그때마다 재미있기는 했다.

이번에 다녀온 제주는 완전히 달랐다. 도대체 왜인지 모르겠다. 어디를 갈 것인가? 우리는 모두 수영을 좋아하니까 4박 5일 중 이틀은 수영장이 있는 호텔에 머물기로 계획을 세웠다. 또 어디를 갈 것인가? 테라로사 카페가 유명하다고 하는데 제주의 테라로사는 어떤 느낌인지 가보고 싶었다. 서귀포만 돌아다니기로 해서 서귀포에 있는 호텔을 검색했다.

가성비도 좋아야하고 우리의 취향에도 맞아야하니 부티크 호텔위주로 알아보았다. 그래서 알아낸 곳은 '체이슨호텔 더 리드'. 젊은이들이 좋아할만한 분위기였다. 로비도 그렇고 객실도 깔끔하고 심플했다. 넓은 더블베드에 밑에서 싱글베드 하나를 꺼내게 되어있는 구조였다. 조식은 특별한건 없고 미리 주문하면 크로와상과 팩 주스를 준다. 그래도 우리는 행복했다. 주문해서 맛보았는데 그것도 다들 좋아라했다. 우리에겐 천혜향이 있으니까. 뭘 먹든 천혜향을 후식으로 먹으면 훌륭한 디저트가 되어 식사전체가 우아하게 마무리되는 듯한 묘한 착각을 하게 된다.

그리고 '히든 클리프 앤 네이처'. 히든 클리프 앤 네이처는 블로그를 통해 사진을 많이 보아서 기대가 되었다. 이틀 동안 머물면서 세 번이나 수영을 했다. 도착한날 밤, 다음날 저녁, 떠나는 날 아침. 나오라고 몇 번이나 부르고 경고를 해도 딸들은 수영장에서 나오고 싶어 하지 않았다. 떠나오기가 아쉬웠다. 신기한건 수영장에서 수영을 하는 사람은 10%가 될까 말까였다. 모두들 가장자리에 붙어 사랑 놀음을 하고 있었다. 야한 수영복을 입고 서로에게 사랑을 속삭이는 것이 사랑 놀음이 아니고 무엇인가? 우리 식구만 가운데를 가로질러 열심히 수영을 했다. 배영을 하며 바라보는 하늘은 천국을 연상시켰다.

　'드르쿰다 동물농장'은 지나가다가 우연히 발견하여 들른 곳이다. 잘 꾸며놓았고 염소도 많이 있었다. 마침 염소가 출산을 했다. 눈도 제대로 못 뜨는 새끼 염소가 엄마 옆에 있었다. 새끼는 일어나려고 애를 쓰고 그 장면을 많은 사람들이 지켜보고 있었다. 그런데 아무리 노력해도 잘 되지 않는지 일어날듯 하다가도 다시 넘어졌다. 계속 시도하지만 그대로 쓰러지는 안타까운 현장을 한참 지켜보았다.

　'동물의 새끼는 저렇게 태어나자마자 혼자 힘으로 서려고 하는구나, 아무엇도 모르는데 본능적으로 일어나려 애 쓰는구나'. 새끼염소의 끈질기고도 지난한 노력은 계속되었다. 그래도 결국 일어나지 못했다. 옆에 있던 어미 염소는 슬쩍 다리로 밀어도 보고 도와주려고 애도 썼다. 하지만 혼자의 힘으로 해야 하는 일이니 어쩔 수 없다. 한참이 지난 후 농장을 관리하는 분이 다른 공간으로 데려가 새끼 염소를 더 안정시켰다. 제발 기운을 차려서 일어나길 바라는 마음뿐이었다.

그리고 딸들은 말을 탔다. 꽤 흔들림이 있었는지 돌아와서 기념 촬영하는 중에도 흥분을 가라앉히지 못했다. 코스별로 가격도 다르고 거리도 꽤 되어 체험해볼만하다. 그리고는 쇠소깍으로 향했다. 우리의 여행지는 그날그날 결정되었다. 쇠소깍에서는 투명카약을 타는 사람들이 눈에 띄었다. 그림같이 아름답고 물빛이 짙은 옥색을 띠고 있었다.

군이 가야 할 곳도 꼭 봐야 할 것도 크게 추천받은 곳도 없었다. 서귀포를 크게 벗어나지 않는 한도 내에서 우리 맘대로 다니면 되는 거였다. 검색의 귀재인 큰딸이 있으니 늦잠을 자고 일어나 '우리 여기 가자'라고 하면 따라가는 거다. '딸아, 어디 좋은 카페 없니?'라고 하면 바로 잘도 찾아낸다. 가보면 영락없이 우리가 원하는 분위기의 장소가 나타나곤 했다. 이 아니 기쁠 소냐?

자연이 준 선물

중문 올래 시장의 판매대에는 온통 천혜향과 진지향 천지였다. 흙돼지 두루치기를 저녁으로 먹고 시장을 한 바퀴 돌아보았다. 있을 거 다 있는 시장이었지만 단연 귤이 제일 많았다. 귤향으로 온 시장이 뒤덮였다. 다시 생각해도 달콤하고 새콤하다.

귤따기 체험을 하기 위해 찾아간 곳은 '무릉 외갓집'. 제목이 정겨워서 선택한 곳이다. 숙소에서 먼 거리에 있는지도 모르고. 한참을 한적한 길을 달려 도착한 건물로 들어섰다. 내부는 생각보다 크고 높았다. 우리말고도 한 팀이 더 있었다. 판매하시는 분은 레몬부터 차례차례 다른 종류의 귤을 늘어놓으며 세부적인 차이점을 얘기해주셨다. 마지막은 당연히 시식차례.

레몬 빼고 다 시식을 해보았는데 마트에서 먹던 그 귤 맛이 아니었다. 탱글탱글, 새콤달콤, 귤이 이렇게 맛있을 수도 있구나. 높은 산 폭포 밑에서 따온 것같이 신선하고 맛있었다. 색깔은 또 어찌나 귤스러운지. 요것들도 한 줄로 늘어놓으니 각각 있을 때와는 다른 차이가 확연히 보였다.

작은 천 가방과 전지가위를 주면서 마음대로 귤을 따서 채우라고 했다. 어떻게 귤을 따야하는지도 친절히 알려주었다. 한 사람당 15,000원을 내고 신청했다. 선택을 잘한 듯 했다. 온통 귤 밭 천지인 곳에서 생전 처음 귤을 따는 딸들은 행복해했다. 욕심도 많아서 천 가방이 터져라 채웠다. 입고 있는 옷 주머니에도 담아 돌아오는 모습이 어찌나 웃기던지.

농장 주인분도 보고는 피식 웃고 말아버린다. 엄연한 계약 위반(?)인 것 같은데 아이들이라 넘어가 주는 것 같다. 귤따기를 마치고 정리를 하러 들어와 보니 일본에서 관광버스가 도착해있었고 10명이 넘는 일본인 사업가들이 설명을 듣고 있었다.

제주는 카페 천지다. 수준 또한 서울 어느 곳과 비교해도 감성이나 인테리어가 뒤지지 않는다. 공간 연출이 놀라웠다. 기억에 남는 곳은 청

춘부부카페. 부부가 운영하는 카페인데 한적한 시골 골목을 한참 달려 도착했다. 어떻게들 알고 찾아왔는지 주차창이 가득 찼다. 여기 또한 카페 안 너른 창밖으로 보이는 건 온통 귤 밭이다. 사진 찍기 좋게 여러 소품들도 늘어놓았다. 젊은 연인이나 친구들은 사진 찍는데 정신이 팔려 있다. 여기를 봐도 귤 밭이요, 저기를 봐도 귤 밭이다. 귤이 바닥에 굴러다닌다. 어디 먹어 볼테면 먹어보라는 식으로 귤이 지천이다. 우리는 귤 에이드와 산방산 말차케익을 주문했다. 메뉴가 독특하고 맛 또한 기대 이상이었다. 한참을 안과 밖에서 놀다보면 두, 세 시간이 훌쩍 지나가 버린다. 그러면 렌트카를 타고 제주 바람을 느끼며 원하는 곳으로 다시 출발한다.

오설록 티뮤지엄과 제주 이니스프리 하우스는 꼭 가보길 추천한다. 너른 대지에 여러 가지를 함께 볼 수 있는 곳이다. 티 뮤지엄에서는 각종 오설록 티와 제품들, 케익을 맛볼 수 있는데 주변이 온통 나무와 잔디라 그 공간에 있기만 해도 기분이 좋다.

제주 이니스프리 하우스도 색깔별, 기능별로 화장품을 진열해놓았는데 나는 화장품에 별 관심이 없었지만 두 딸은 제 세상 만난 듯 신나했다. 카페에서 해녀바구니 브런치를 먹었다. 곤드레밥과 톳 주먹밥을 베이스로 각종 야채와 계란말이까지 먹기도 편하고 맛있었다.

공간이 넓고 탁 트여 있으며 온통 주변이 자연이다. 오래도록 시간을 보내도 지루하지 않았다. 밖에는 넓은 녹차 밭이 있어 속으로 들어가 사진 찍는 사람들이 많았다. 보성을 못 가봤는데 제주에서 이렇게 녹차 밭을 보게 될 줄이야. 마음도 몸도 건강하고 예뻐지는 느낌이 들었다.

우연이 준 선물

　자유여행은 마치 각본 없는 생방송과도 같다. 그래서 더 짜릿하고 재미가 있다. 검색의 달인인 큰 딸이 디자인제품을 판매하는 곳이 있으니 가보자고 했다. 따라간 곳은 플레이웍스. 태국 치앙마이 디자이너의 제품을 파는 곳이었다. 가게를 오픈한지 얼마 되지 않았다며 직원이 매우 쑥스러워했다. 손님을 대하는 태도가 익숙해 보이지 않았다. 그런데 제품에 대한 이해도는 높았다. 결국 알고 보니 사장님이었다. 가게를 운영하는 것이 처음이라 손님 응대가 어색하다며 계속 머쓱한 표정으로 웃기만

했다. 각종 파우치, 가방관련 소품을 파는 곳이었다. 가게도 가게지만 그 주변 풍경이 더 좋다. 일반 주택을 가게로 개조한 것이라 분위기가 독특했는데 앞에는 밭이 있고 어김없이 귤나무가 있다.

한군데를 더 소개하고 싶다. 독특한 빵집인 볼스 카페(Vols cafe). 큰딸은 제빵사고 나와 작은딸은 빵순이다. 운전을 하면서 건물 외벽 높은 곳에 '빵'이라는 글자 하나가 멀리서도 보였다. '빵공장인가? 도대체 뭘 하는 곳일까? 멋있는 카페라면 저렇게 해놓지는 않을 텐데.' 의구심을 불러일으켰다. 그래서 몇 번의 망설임 끝에 우회전을 하여 골목으로 조금 들어가 보았다.

건물 안은 하얀 외벽과는 달라도 너무 달랐다. 아주 힙한 공간이 넓게 펼쳐졌다. 빵마저도 힙하다고 해야 할까? 멋있음의 총집합이었다. 내부는 그린그린, 테이블과 장식은 모두 그린과 화이트로 꾸며져 있었고 회벽색은 또 얼마나 도시적이고 감각적이던지. 내부에서 창을 통해 내다보는 공간 또한 개방감이 있어 보기 좋았다. 2층은 빵을 만드는 공간이다. 하얀 설산을 닮은 팡도르가 인상적이었다. 뭘 먹어도 마음이 충만해지는 분위기와 공간이었다.

'이런 공간을 세련됐다고 하는 거구나.'라는 생각이 들었다. 귤 밭이 훌륭한 베이스가 되어준다. 메마른 느낌을 벗어날 수 있게 해주는 건 언제나 자연이다. 우리가 감동한 카페들을 보니 모두 주변에 귤 밭이 있었다.

해녀의 부엌

"우리한테 바다가 뭐냐고?"
"뭐긴, 우리 부엌이지."

'뿔소라를 세계인의 식탁으로'라고 팜플렛에 적혀있다. 제주에 관한 정
보를 찾던 중 우연히 발견한 '해녀의 부엌'. 제주시 구좌읍 종달리에 위
치한 독특한 공간이다. 140분간 공연과 식사가 이루어진다. 언뜻 생각
하기에 이해하기 어려웠다. 우리는 밥을 주는 공연을 좋아한다. 이곳도
우리를 실망시키지 않았다.

- 이 공간은 20여 년 전 활선어 위판장으로 지어졌습니다. 하지만 시
간이 지나며 어촌인이 줄고 해산물 판매도 뜸해지자 어둡고 인적이
드문 창고로 변해버렸죠. 시간이 멈춘 이곳을 청년 예술인들이 함께
모여 해녀의 숨을 넣은 '해녀 극장식 레스토랑'으로 재탄생시켰습니
다. 해녀의 부엌은 일본 수출에 의존해 저평가된 제주 뿔소라 산업
에서 문제점을 발견해 새로운 시장을 창출하고 나아가 해녀의 숨이
묻은 제주 해산물이 세계인의 식탁에서 가치를 인정받도록 노력하
고 있습니다. 해녀의 부엌은 연극을 관람하면서 각자에게 준비되는
한상차림을 즐기는 '부엌 이야기', 해녀와 직접 대화하는 토크쇼 중

심의 '해녀 이야기' 등 두 종류의 공연과 다이닝 콘텐츠를 선보이고 있습니다. 해녀의 삶이 담긴 공연과 그들이 직접 준비한 맛깔진 음식으로 진정한 제주를 경험하세요. 종달 어촌계와 청년 예술인이 함께 만들어 갑니다 –

– 해녀의 부엌 팜플렛 재중 –

처음에 들어갈 때는 무대가 보이지 않는다. 매우 긴 식탁 세 개가 ㄷ자 모양으로 놓여 있다. 공연시간이 되자 불이 꺼진다. 가운데 공간에 나타난 두 젊은 배우. 남편을 잃고 삶의 의욕을 놓아버리려는 주인공 해녀. 힘들어하는 그녀를 도와주고 어떻게든 다시 물질을 하자며 용기를 주는 또 다른 해녀. 그 둘은 구성진 제주 사투리로 연극을 끌어간다. 서로 힘들 때 위로하며 붙잡아 주는 자매같은 관계다. 그렇게 친한 동생이 버팀목이 되어 주인공 해녀는 기운을 차린다. 자신만 바라보는 어린 새끼들을 키우기 위해 다시 바다 속으로 들어간다. 그러나 굴곡진 삶은 그녀를 다시 절망하게 만든다. 바다가 제일 친한 동생 같은 해녀를 삼켜버린다. 슬퍼하며 울부짖는 해녀. 아무리 고난의 파도가 밀려와도 다시 일어나야 하는 우리네 인생을 대변하는 주인공 해녀는 그 이후로도 꿋꿋이 인생을 살아낸다.

연극이 끝난 후에는 해산물에 대한 소개가 이어졌다. 뿔소라와 군소에 대한 설명을 들었다. 두 분의 해녀가 나와서 두 가지 해산물을 소개했는데 뿔소라는 들어봤지만 군소는 처음 듣는 생물이었다. 군소는 잘 잡히

지 않아 귀하다고 한다.

여운을 주는 연극과 해산물에 대한 설명이 끝나고 드디어 식사시간이다. 약 45명 정도의 식사를 어떻게 이끌어가나 궁금했다. 해산물 뷔페가 차려졌다. 양쪽으로 똑같은 메뉴가 차려지고 동선도 정해줘서 우왕좌왕하지 않았다. 처음 나온 메뉴는 담백한 흑임자톳죽이다. 뷔페에 차려진 음식은 전복, 군소, 상웨빵, 야채, 흑돼지구이, 우뭇가사리 양갱, 톳계란말이등이다. 하나하나 정성 들여 만든 음식을 맛있게 먹었다. 성게미역국과 갈치조림도 나왔다. 설명을 들은 군소를 먹어보았는데 입맛에 맞았다. 해녀들은 음식솜씨도 좋은가보다. 군소 무침을 어찌나 맛깔나게 요리하셨는지. 특이하고 고급진 해산물뷔페 식사를 마치고 해녀인터뷰 시간을 가졌다. 미리 나누어준 질문지에 딸이 궁금한 것들을 적었다.

1. 숨을 몇 분까지 참을 수 있나요?

2. 1930년대에 태어나서 지금까지 살아가는데 어려운 점이 많이 있으셨을 텐데 원동력이 되는 건 무엇이었나요?

해녀분이 나오셨는데 91세라고 한다. 89세까지 물질을 하셨단다. 존경스럽지 않을 수 없다. 질문지 중 두 개를 뽑으셨는데 우리 딸이 적은 질문지가 선택되었다. 딸이 여러 가지를 깨알같이 적어 놓아서 1번에 대한 답변만 하셨다. 물속에 시계가 있는 것이 아니기 때문에 정확히는 알수 없다고 한다.

놀라운 점은 제주도에서만 물질을 하신 것이 아니고 원정까지 가셨단다. 우리나라 부산, 통영은 물론이고 일본까지 가서 일을 하셨다고 한다. 또한 할머니의 말씀 중 기억에 남는 것은 자신이 할 수 있는 숨만큼만 하셨다는 것이다. 욕심을 내어 자신이 이기지 못하는 숨까지 참다가는 질식사를 할 수 있는 것이다. 할머니의 말씀을 들으며 여러 가지 생각이 떠올랐다. 현대인들에게 요구되는 무한한 일들은 얼마나 우리를 숨이 턱에 차게 만드는가? '우리 숨만큼 해서 이뤄낼 수 있는 것이 있기나 한지?'라는 생각을 잠깐 해 보았다. 그래서 다들 '숨을 못 쉬겠다. 힐링이 필요하다' 외치는 것인가보다. 상군,중군,하군으로 나뉘는 해녀들의 분류도 궁

금했는데 깊은 바다 속까지 들어가서 해산물을 채취하는 해녀가 상군으로 불릴터이다. 그런데 이것이 훈련을 하거나 연습한다고 되는 것은 아니라고 한다. 타고 나는 것이란다. 우리도 태어나면서부터 어느 기관이 더 튼튼한 사람이 있지 않은가? 신체 구조나 건강한 정도가 다르다는 얘기다. 할머니는 노래도 한 곡조 하셨다. '독도는 우리땅'을 부르셨다. 가사 중 '해녀대합실'이라는 부분이 나온다. 해녀분이 부르니 노래와 가사가 더 실감이 났다.

어디서도 볼 수 없는 귀한 경험을 한 탓에 우리는 뿌듯한 마음을 안고 식당에서 나와 주변을 한참 둘러보았다. 열심히 해안가를 걸으며 구경을 하는데 뒤에서 누군가 소리를 지른다. '돌고래 왔어요.' 그러면서 자꾸 바다쪽을 가리킨다. 우리는 처음에는 무슨 소리인지 알아듣지도 못했다. 그런데 저쪽에서 계속 우리가 못 알아보는 게 답답한지 손짓을 하며 바다를 쳐다보라는 것이다. 바다를 계속 응시하던 우리는 물결 위로 뾰족뾰족 무엇인가 표류하듯 위로 솟아오르며 움직이는 것을 발견했다. 한순간 보이지 않던 돌고래의 지느러미를 알아차렸다. 대여섯 마리의 돌고래가 계속 숨을 뿜어내며 위아래로 움직였다. 이게 왠 행운인가? 배를 타고 나가서 가까이서 보는 건 더 좋았겠지만 우리는 생각지도 않게 바다 속 돌고래를 멀리서나마 보게 되었다.

우리에게 돌고래가 왔다는 소식을 알려주신 분은 근처에서 식당을 하시는 분인데 잠깐 밖에 나왔다가 바다에 돌고래들이 온 걸 발견하시고 우리에게 알려주신 거다. 그분이 얘기해주지 않았으면 우리는 눈을 뜨고도 돌고래가 있음을 알지 못했을 거다. 여행은 이렇게 우연과 누군가의 친절로 더 재미있고 빛이 나는 것이다. 아쉽지만 마음 한가득 보물 같은 추억을 안고 발길을 돌려 차에 오른다.

10

도교의 재발견

내겐 너무 어려운 여행 준비

이번이 6번째 일본 방문이다. 처음은 패키지 여행이라 기억에 남는 것이 없다. 도쿄, 오사카, 교토, 후쿠오카, 오키나와에 다녀왔다. 그리고 다시 도쿄다. 혼자 가기는 심심하고 같이 갈 사람도 없어 남편을 유혹했다. 경비를 내가 감당하겠다는 제안을 했다. 잘 넘어오지 않을 거라는 예상과는 달리 남편이 쉽게 화답했다. 가겠노라고. 이제야 무엇이 중요한지를 깨달은 사람처럼. 바쁜 일을 뒤로하고라도 여행을 하겠다는 나름 심오한 결심을 한 사람처럼. 옳거니. 이 기회를 놓칠세라. 바로 항공권을 예약했다. 마음에 맞는 떡은 항상 찾기 어렵다. 항공권 하나 예약하는 것도 쉬운 일이 아니다. 남들 다 하니 쉬울 거라고 생각하는 것은 오산이다. 물론 무엇이든 하나를 포기하면 된다. 출발시간을 새벽으로 한다든지, 좋아하는 항공사를 접어둔다든지, 돌아오는 시간을 빠른시간으로 잡는다든지. 출발시간, 도착시간, 항공사, 가격, 이 모두를 만족시키기란 쉽지 않다. 결국 잠을 포기하고 빠른 출발시간을 선택했다. 항상 공항에 두시간 전에 도착해야 하니 이른 시간이 부담되었지만 어쩔 수 없었다. 아침에 일찍 일어나는 수밖에. 그렇게 하나를 포기하고 겨우 맘에 드는 가격의 항공권을 예약했다.

다음 관문은 숙박을 예약하는 것이다. 어느 지역, 어느 호텔을 얼만큼의 예산으로 잡을 것인가? 이것도 마찬가지다. 지하철에서 거리가 먼 지역인지 아닌지, 새로운 호텔인지 오래된 호텔인지 경비를 여유롭게 할지 절약하면서 할 것인지 등의 여러 가지 요인을 고려해야한다. 이전의 도쿄 여행에서는 신주쿠 주변에 위치한 호텔을 이용해보았으니 이번에는 긴자로 가보기로 한다. 이유는 단 하나. 긴자에 맛있는 집이 많다는 정보를 어디선가 본듯해서다. 참 단순하다. 그러나 얼마나 중요한 이유인가? 숙소를 긴자로 잡자고 생각하고 숙박사이트에 들어갔다. 신상 호텔에 가성비를 고려하여 예약을 시도하였으나 한 달이나 남은 날짜인데도 불구하고 예약불가. 사람들은 일도 안 하고 여행 계획만 짜나 보다. 괜찮다 싶은 호텔은 하나같이 예약불가다. 사람들은 어떻게 알고 그렇게들 예약을 한건지. 우리가 가려는 날짜는 벚꽃의 절정기라 할 수 있는 4월 6일에서 10일까지였다. 코로나 해제, 거의 3년 만에 일본의 흐드러진 벚꽃을 보러 전 세계에서 몰려드는 거다.

이해는 갔지만 참으로 어렵고도 풀기 힘든 숙제를 앞에 놓고 고민하는 학생처럼 나는 매일 밤 컴퓨터 앞에서 즐겁지만 괴로운 시도를 줄기차게 했다. 어렵사리 두 군데의 호텔을 예약했다. 여러번 얘기했듯이 남편의 코골이 사정으로 인하여 한방 숙박은 어려우니 방 두 개를 잡았다. 3일은 각자의 방을 사용하고 마지막 돌아오기 전날 밤에만 합방을 하기로 하였다. 숨막힐 듯 작은 방도 하나에 20만 원에 육박했다.

다음 처리할 일은 예방접종증명서를 정부24에서 출력하는 일이다. 그리고 비짓재팬웹 (visit japan web)에서 입국심사와 검역절차사전등록, 세관신고를 하는 것이다. 젊은 사람들에게는 이런 것들이 아무 것도 아닐지 몰라도 나에게는 어려웠다. 인터넷의 정보를 뒤져가며 겨우겨우 해냈다. 물론 종이로 써도 되지만 QR코드로 쉽게 절차를 마칠 수 있다고 하니 나도 해보고 싶어서 시도했다. 공항에 와보니 거의 모든 사람이 QR코드를 찍고 통과한다. 미리 등록해오길 잘했다. 마지막 관문은 심카드(sim card)였다. 몇 년전 영국에 여행을 갔을 때도 해보았는데 그 작은 칩을 갈아 끼우는 게 왜 이리 마음이 떨리던지. 못하면 카톡도 안 되고 인터넷도 안되니 매우 불편하기 때문에 꼭 해야 하는 거다. 물론 다른 방법도 있긴 하지만 심카드를 갈아 끼우는 것이 제일 간편하긴 하다. 나리타 공항에서 여러 번의 시도 끝에 일본 심카드로 갈아 끼우는 데 성공했다. 일단 안심이다. 그런데 로밍을 안해 간 거다. 일을 안 하는 나는 급한 전화 할 일도 받을 일도 없는지라 데이터만 신경을 쓴 거다. 카톡과 인터넷은 되지만 전화가 안 되는 거다. 주로 전화로 일을 하는 남편 생각을 못 했다. 물론 남편이 챙기면 참 좋겠지만 여행 준비는 전적으로 내 몫이고 남편은 신경 쓸 여력이 없었다. 부인만 믿고 모든 것이 잘 되겠지 했던 남편은 놀랐다. 전화를 못 받는다는 사실에 완전 넋이 나간 사람같은 표정으로 한참 동안 멍하니 앞에 지나가는 버스와 행인들을 보고 있었다. 일본 여행을 준비하고 계획했던 나에게는 티를 안 내려고 애를 쓰고 있는 듯이 보였다. 그러고 있는 남편의 모습을 보면서 미안한 마음도 있었지만 한편으로는 얄미롭고 미웠다. 그렇게 전화가 중요한 것이라면 본인이 직접 챙기든가 아니면 한 번쯤 나에게 확인이라도 했으면 좋았을

것을. 며칠 쯤 일 안 한다고 큰일이 나겠냐고 생각할 수도 있다. 하지만 남편에게는 신뢰와 관련된 일이니 사소하지는 않다.

　나리타 공항에 도착해서 숙소가 있는 긴자까지 가야한다. 1,300엔 버스를 탔다. 도쿄역으로 가는 것은 자주 있고 긴자역 가는 것도 30분가량에 한 대씩 있다. 1시간여를 달려 긴자역에 도착했다. 마침내. 여기서 구글로 숙소를 찾아가야 하는데 이 또한 우리에게는 만만치 않았다. 구글 지도를 많이 사용하지 않다보니 쉬운 일은 아니었다. 트렁크를 끌고 약 30분을 헤맨 끝에 겨우 우리가 찾는 간판을 발견했다.

긴자의 겉살과 속살

아니나다를까? 현장에 가보니 예상했던 대로 숙소에는 트렁크 하나 펼칠 자리가 없었다. 게다가 누가 뛰어내릴까 봐 염려해서인지 창문도 열수 없는 구조로 되어 있다. 그나마 공기청정기가 있어 다행이다. 3일 밤을 묵은 곳은 긴자역에서 도보로 10분 거리에 있는 '프레사인 긴자 나나초메'였다. 지은 지 얼마 되지 않은 호텔이라 깨끗하고 좋았다.

두 번째 호텔은 '미츠이 가든 인 긴자 고초메'였다. 이름도 참 생소하고

길다. 이 호텔은 여러개가 있다. 미츠이 가든은 같고 조금씩 이름이 다르다. 짐만 부려놓고 얼른 밖으로 나왔다. 긴자는 예상 밖이었다. 그동안의 피로함을 뒤로 하고 살짝만 돌아보았는데 긴자거리가 참으로 마음에 들었다. 어쩐 일인지 남편도 나랑 똑같은 마음이었다. 깨끗하고 넓고 쾌적하고 세련된 거리가 우리의 마음을 끌었다. 어디를 둘러봐도 지저분한 곳이 없고 은은한 불빛의 많은 식당과 카페, 상점들이 마음을 편안하게 해 주었다. 오가는 사람들도 모두 멋스럽고 우아해 보였다. 보는 우리가 괜히 기분이 좋아졌다. 우선 인도가 넓어 도보로 이동하기가 편안했다. 우리는 이 거리, 저 거리, 정신없이 걸었다. 여기도 보고 싶고 저기도 궁금하고 온갖 식당을 다 들어가 보고 싶었다.

안을 들여다 볼 수 없는 비싸 보이는 초밥집은 남편의 만류로 일단 패스. 일본 음식이 아닌 곳도 패스, 결국 들어간 곳은 지하의 이자카야. 가운데에 주방이 있고 삥 둘러 앉아 먹게 되어 있는 바 형식이었다. 물론 뒤쪽으로는 테이블도 여러 개 있었다. 막상 들어가 보니 여러 국적의 요리사들이 음식을 준비하고 있었다. 우리가 시킨 요리는 두부요리, 미소국, 명란계란말이, 게맛살볶음밥이었다. 음식에 도전의식이 없어 결국은 한국에서도 좋아하는 무난한 요리를 시키게 된다. 맛은 평균 정도였다. 계란말이와 볶음밥이 맛이 좋았다. 빠질 수 없는 하이볼. 다른 테이블에서 하이볼을 계속 주문했다. 요즘 핫하다는 하이볼은 한 번도 마셔본 적이 없는데 우리도 한번 마셔보자며 시도를 했다. 낮은 도수의 위스키였고 음식과 함께 마시기 좋았다.

나와서 산책을 하다가 이번에는 전형적인 일본 느낌의 카페에 들어갔다. '궁성옥가배'라는 커피전문점이었다. 내부는 약간은 어두운 느낌이었다. 각양각색의 사람이 앉아있었다. 비즈니스 만남을 하는 사람, 혼자 노트북으로 업무를 보는 사람, 친구와 수다를 떠는 사람, 바에 앉아 조용히 핸드폰으로 영화를 보는 사람 등등, 내부에는 사람이 여럿 있었지만 조용해서 편안한 느낌을 주었다.

이튿날 저녁에는 여기저기를 기웃거리다가 긴자 코리더(Ginza corridor)라는 거리를 발견했다. 직역하면 긴자의 복도? 상점들이 끝도 없이 펼쳐진다. 온갖 종류의 음식들이 사람들을 유혹하고 금요일 밤 어디를 둘러봐도 유쾌하게 동료들과 어울리는 사람들뿐이다. 런던에 여행 갔을 때 시장 주변의 바에서 와인 숙성통 모양의 테이블에 맥주를 놓고 마시는 하얀 셔츠 부대를 많이 보긴 했다. 그런 모습을 긴자에 와서도 보게 될 줄이야. 물론 앉아서 먹는 식당들이 대부분이긴 했지만. 스탠딩 바도 여럿 있었다. 이자카야가 대부분이지만 고기 요리 전문점, 오뎅 전문점 등 취향껏 음식점을 고를 수 있다는 점에서 매력있는 거리였다. 우리는 안 먹고 보기만 해도 배가 불렀다. 실상은 우리도 참을 수가 없어서 간판에 맛있는 어묵이 그려져 있는 곳으로 이끌리듯 2층으로 올라갔다. 와! 우리가 바라던 바로 그 분위기다. 주방이 훤히 보이는 바 형식의 이자카야다. 주방에서는 쉴새 없이 하이볼이 만들어지고 배달되어진다.

우리는 정중앙 바에 앉았다. 꽤 이른 시간이었다. 다행히 일본어 밑에

영어로 설명이 되어 있어 우리가 원하는 메뉴를 시킬 수 있었다. 폭탄밥이라고 쓰여진 메뉴가 있어 궁금해 시켜보았고 어묵 5종류와 게살크로켓등을 시켰다. 메뉴가 하나하나 나올 때마다 어찌나 기대가 되던지. 제일 의외의 요리는 게살크로켓이었다. 게살딱지안에 크로켓을 만들어 모양을 그대로 살려놓았다. 옆에는 누룽지가 튀겨져 나왔다. 게살 안에 있는 크림크로켓을 튀긴 누룽지에 얹어 먹는 요리다. 어디서도 본 적없는 신선한 메뉴였다. 입안에 감탄이 터진다. 크림이 부드러워서, 튀긴 누룽지가 바삭해서. 행복감이 밀려온다. 어묵은 우리가 아는 맛이다. 그래도 쫄깃함이 남다르긴 했다.

다른 테이블에 배달되어지는 요리들이 만들어지는 것을 보는 것도 큰 볼거리였다. 석화굴이 어찌나 큰지. 한 두 개만 먹어도 배가 부를 듯 했다. 생굴을 반으로 잘라 레몬과 함께 나가는 요리를 사람들이 많이 주문했다. 바로 눈 앞에서 생선회를 뜨는 장면도 볼 수 있었다. 똑바로 쳐다보기에는 잔인한 장면을 목도하자니 여러 가지 생각이 들었다. 먹기는 해야겠고 막상 보자니 참 불쌍하기도 하고. 여러 가지 요리로 배를 채우고 우리는 들뜬 금요일 긴자거리로 다시 나왔다. 점입가경이란 말이 이런 상황에 어울리려나. 그곳을 벗어나 다른 환한 불빛의 거리로 걸어가보니 여기는 더한 볼거리가 기다리고 있다.

위로는 지하철이 다녀 시끄럽기가 이루 말할 수 없었다. 그 밑에는 식당들이 있다. 어느 테이블 하나 비어 있지 않은 음식점들이 즐비하다. 분위기는 우리나라의 시골 막걸리 주점들이 줄을 이어져 있다고 하면 정확하려나? 서민적이고 인간미 풍기는 가게들이 양쪽으로 즐비하고 동서양 사람들이 가득 앉아 먹고 마시며 웃고 있었다. 먹지 않아도 앉지 않아도 참 행복한 분위기였다. 우리는 더 이상 뭘 먹을 수 없을 정도로 배가 불렀기에 들어가지는 못하고 다시 이곳을 오리라 두 눈으로 서로 약속하고 발길을 돌렸다. 마치 보물이라도 발견한 듯 남편의 표정이 어찌나 비장하던지. 속으로 웃음이 나왔다.

드디어 다음날 우리는 점심에 주점을 찾았다. 밤의 화려함과는 비교가 되지 않지만 그래도 일본의 서민적인 모습 그대로의 음식문화를 즐길 수 있다는 점에서 기대를 많이 했다. 메뉴를 4개나 주문했다. 막상 들어와

보니 청결한 분위기는 아니었다. 게살두부요리, 교자, 볶음밥, 닭고기 요리. 두 개는 성공, 두 개는 실패다. 우선 양이 적었다. 맛은 어설폈다. 그냥 배가 고프니 어쩔 수 없이 먹었다. 겉모습과는 다른 실체에 적잖이 실망했다. 다른 일행과 저녁에 와서 반주라도 곁들였다면 주위 분위기에 휩쓸려 신이라도 났을텐데. 둘이 낮에 술 없이 음식을 먹는거라 액면 그대로의 맛과 서비스가 그대로 느껴졌다. 이래서 '무엇이든 체험을 직접 해보는 것이 중요한 거구나'라는 생각이 들었다. 밥을 겨우겨우 먹고 있는데 옆 테이블의 여자손님이 담배를 맛있게 태우고 있다. 식후담배. 기가 막혔지만 여기는 일본이다. 일본은 담배에 참으로 관대하다. '어떻게 이렇게 무신경할 수가 있을까?' 의아스럽다. 예전에도 꼬치구이 집에서 바로 옆에 바짝 붙어 있는 여자손님이 담배를 피워대는 바람에 숨이 쉬어지질 않아 애를 먹었던 기억이 있다. 그런데 여기서도 가까운 곳에서 담배를 피니 냄새가 심하게 느껴졌다. 테이블을 보니 재떨이가 아예 끼워져 있다. 맛없는 음식에 담배냄새. 최악의 경험을 하고 그곳을 얼른 빠져나왔다. 일본은 카페도 마찬가지다. 겉에서 봤을 때 분위기도 좋고 고상한 느낌이 들어 문을 열어보면 담배냄새가 가득한 카페가 있다. 금연이라고 표시하지 않은 곳은 담배냄새가 나는 카페들이 많다.

정처없이 걷다가 도착한 골목으로 들어가니 이곳도 위에는 지하철이 다니는 곳이었다. 상점들이 양쪽으로 도열해있다. 맛있어 보이는 집, 들어가보고 싶은 집이 줄을 이었다. 안을 들여다 보면 스시집인데 사람들이 꽉 차 있다. 겉에서 보면 개미동굴같은데 안으로 들어가면 광활한 공간이 나타나 마치 마술을 부리는 장소에 와 있는 듯 신기하기만 했다.

세련된 도시미를 풍기는 남녀들이 오가는 화려한 불빛의 긴자 거리를 벗어나면 이리도 사람 냄새 풍기는 이자카야들이 즐비하다니. 긴자의 겉모습은 화려하고 한꺼풀 벗긴 모습은 따뜻하고 소박했다.

셋째날 저녁은 긴자식스에서 먹었다. 긴자식스는 가장 인기있는 쇼핑몰이다. 그 유명한 츠타야 서점이 입점해 있다. 백화점 6층에 넓은 자리를 서점이 차지하고 있는거다.

10이라는 철판요리전문점 테판야키에 갔다. 처음에는 뭘 파는 식당인

179

지도 몰라 기웃대다가 메뉴를 보고 철판요리라는 걸 알았다. 늦은 시간에 발견하여 다음날을 예약했다. 그 다음날 정확히 시간에 맞추어 찾아 갔다. 10명가량의 세프가 철판앞에서 각자의 파트를 요리한다. 우리는 바닷가재 특선 코스요리를 주문했다. 가격은 상당한 편이다. 그래도 이런 기회에 맛보고 싶어 남편을 설득했고 남편은 넘어왔다. 늘 포기한 듯 말한다. '그래, 먹어보자' 남편은 아끼는 것이 생활화 된 사람이라 꼭 필요한 것이 아니면 항상 저렴한 것을 따진다. 나는 이럴 때가 아니면 언제 또 먹어보겠냐며 남편을 끌어당긴다. 샐러드부터 시작된 코스는 마지막 디저트 트레이에서 끝이 난다. 당연히 백미는 바닷가재다. 요리랄

것도 없는 것이 산 가재를 통째로 뜨거운 철판에 올린다. 더듬이를 움직이며 뜨거움을 느끼는 순간 가재는 펄펄 뛴다. 그러면 둥그런 볼로 가재를 덮는다. 더듬이는 밖으로 삐죽 나와 있다. 그리고 잠시 후 당연히 아직 살아 있는 가재의 등을 가른다. 그리고 또 반으로 가른다. 아직 살아 있다. 보기 힘든 장면이었다. 그리고 한참을 구운 후 접시에 요리가 되어 나온다. 특별한 간은 되어 있지 않은 듯 하다. 그저 바닷가재의 바다 맛 그 자체였다. 그렇게 맛있다는 생각은 들지 않았다. 요리로 봐야 하는데 좀전에 살아있던 생물이 접시 위에 올라가 있다는 것이 나로서는 썩 유쾌하지 않았다.

요동치는 가재의 생명력을 봐서 그런지 먹기도 조심스러웠다. 그런 내 속을 아는지 모르는지 반대하던 남편은 참 잘도 먹는다. 다양한 요리가 서브되고 마지막으로 여러 가지 디저트가 놓인 트레이에서 선택할 수 있도록 해 주었다. 중간에 큐브 모양의 고기를 구울 때는 기름을 붓고 불을 붙여 불쇼도 감상하게 해 주었다. 가까이서 보니 멋있기는 했지만 조금 위험하다는 생각도 들었다. 바에도 서서히 사람들이 앉고 뒤를 돌아보니 테이블이 거의 찼다. 일본은 시스템이 우리와 달라서 주문이 들어올 때 마다 셰프들이 그 내용을 공유하며 무어라 외쳐댄다. 일본어를 전혀 하지 못하는 우리는 신기한 광경을 구경만 했다. 요리하고 준비하기도 바쁜데 계속 외쳐대는 그들의 주방 문화가 새롭게 보였다. 생전 처음 먹어보는 바닷가재 요리 식사는 그렇게 끝이 났다.

벚꽃 천국 신주쿠교엔

4박 5일 동안 유일하게 다녀온 관광지다. 그것도 떠들썩하지 않은 곳으로. 아, 참! 쓰키지 시장도 있다. 신주쿠교엔은 워낙 사람들이 많이 오는 곳이라 주말을 피하라는 얘기를 들은 참이라 금요일에 방문하였다. 날씨는 맑지 않았다. 중간에 비도 내렸다. 말로만 듣던 일본의 사쿠라, 벚꽃을 드디어 보는구나. 나무와 꽃을 좋아하는 나는 한껏 들떴다. 나무는 나무, 꽃은 꽃, 좋은 걸 봐도 별 감흥이 없는 남편은 기대가 없는 눈치다. 긴자역에서 마루노우치선을 타고 신주쿠 교엔마에역에서 내렸다. 조금 걸으니 게이트가 나온다. 입구부터 장대한 나무들이 우리를 맞는다. 입장료는 5,000원이다. 드넓은 잔디밭과 흐드러지게 피어있는 벚꽃들, 군데군데 연못과 다리가 놓여있다. 중간에는 쉬어갈 수 있는 카페와 식당, 그리고 휴게소가 있다.

사람들이 제일 많이 모여 있는 곳은 벚꽃나무 아래다. 땅에 닿을 듯 휘어져 내려온 벚꽃나무 가지를 붙들고 사진을 찍는다. 앉기도 하고 서기도 하며 벚꽃과 찍는 사진은 화사함이 이루 말할 수 없다. 세상의 부드러움과 여림은 다 모아 놓은 듯 분홍빛의 벚꽃은 사람들의 마음을 녹여내기에 충분했다. 누구도 그 앞에서 찡그릴 수는 없을 듯하다. 우리도 부부 둘이서 온 여행이라 누구 눈치 볼 것도 없이 동심으로 돌아간 듯했다. 내

가 먼저 폴짝 뛰면서 사진을 찍어달라고 했다. 한 번도 이런 생각을 해본 적이 없는데 나도 모르게 즉흥적으로 그러고 싶었다. 뛰는 모습을 순간 포착해보고 싶었다. 어떤 모습일까? 주로 여행프로그램 홍보용 포스터 에서 본 듯한 포즈. 공중을 향해 높이 뛰어오르는 모습을 담은 포스터는 보는 사람을 즐겁게 한다. 내가 뛰어보는 건 어떨까? 높이는 아니지만 최 선을 다해 힘껏 점프를 했다. 못할 줄 알았는데 남편이 용케도 그 장면을 촬영했다. 사진을 보고 우리는 어린애들처럼 깔깔대며 웃었다. 남편한 테도 재미있으니 해보라고 시켰다. 남편도 흔쾌히 응했다. 움직이는 모 습을 계속 찍으니 화면마다 조금씩 변화하는 모습이 마치 로봇이 움직이 는 것처럼 재미있었다. 그렇게 한참을 웃었다. 장소는 사람을 이렇게 변 화시키는구나. 드넓은 곳에 나무와 꽃으로 가득한 곳을 찾으니 새로운 생각과 포즈, 움직임이 나온다.

  벚꽃 외에도 끝이 보이지 않을 정도로 거대한 나무들이 즐비해 눈이 즐
겁다. 녹색으로 눈을 샤워했다. 하나하나가 모양도 다르고 커서 계속 감
탄을 연발하며 다녔다. 일본 정원, 프랑스 정원, 영국식 정원이 나눠져 있
는데 다 돌아보지 못했다. 워낙 방대하고 넓어서 다리가 감당을 못한다.
날씨가 흐리더니 비를 뿌린다. 비도 피할 겸 휴게소로 들어갔다. 도시락
을 준비해온 사람들은 도시락을, 그냥 온 사람들은 초밥을 사 먹는다. 우
리나라 김밥과 비슷한 초밥과 유부초밥이 반반씩 들어 있는 도시락을 만
원에 팔고 있었다. 우리도 점심은 파는 도시락으로 해결했다. 거기에 커
피 한잔 곁들이니 천국이 따로 없다. 통유리로 사방이 보이는 휴게소에
서 너른 잔디와 꽃나무를 보고 있자니 비현실감이 들었다. '이렇게 아름
다워도 되나?' 높은 건물로 둘러싸인 풍경만 보다가 도쿄 한복판에서 이

런 거대한 정원을 본다는 것이 믿어지지 않았다.

신주쿠교엔에는 스타벅스도 입점해 있다. 잘 아는 카페지만 '이곳만의 특징이 있을까?' 하여 들어가 보았다. 빈자리는 찾아볼 수 없었다. 2층 자리에서 정원을 바라볼 수 있어 특별한 인테리어가 없어도 사람들이 많이 들어올 수밖에 없다. 우리는 아쉬운 대로 건물 밑 벤치에 앉아 커피를 마시며 풍경을 감상했다. 짙은 분홍빛의 벚꽃에 스타벅스 간판이 어우러지니 멋스러움이 풍겼다. 벚꽃과 카페. 마음속에 비누 거품이 터진다. 좋은 거 더하기 좋은 거, 이런 느낌이 들었다. 말장난이지만 이보다 더 어울리는 표현이 없다는 생각이 든다. 여기서 본 풍경 하나만 눈과 마음에 담아가도 큰 수확이다. 짜증이 날 때마다 떠올릴 풍경이 있다는 건 꽤 괜찮은 일이다. 아쉬움을 달래기 위해 정원 밖 거리를 돌아다니다가 긴자역 숙소로 돌아왔다.

내가 만난 도쿄

　도쿄는 큰딸이 초등학교 5학년 때 왔었다. 초등학생을 데리고 8월 땡볕에 여행을 하자니 여행인지 고생길인지 모를 험난한 여정이었다. 공항에 내리자마자 셔츠가 젖는 축축한 느낌이 들었다. 이런 날씨에 어디를 어떻게 가야 하나? 걱정이 앞섰다. 어디론가 너무 가고 싶었기에 오긴 했지만 막상 다니려고 하니 엄두가 나지 않았다. 직원들은 어찌나 대화가 안 통하는지. 호텔의 직원들도 영어를 아예 못했다. 그때는 파파고도 없어서 의사소통에 애를 먹었다. 그런데 이번에 본 일본은 달랐다. 백화점 직원들까지도 영어가 술술. 내가 몇 마디만 영어를 던져도 저쪽에서 다 알아듣고 응대를 하니 물건 사기도 수월했다. 물론 몇몇 표현은 파파고를 돌려서 물어보기도 했다. 번역앱이 있으니 입력해서 목전에 들이대면 그들도 바로 알아듣고 대답을 한다. 어찌나 편하던지. 돌아다니고 물건 사는 데 전혀 지장이 없다. 또 식당이나 카페의 젊은이들은 영어를 잘한다. 내가 알던 일본이 맞나 싶을 정도다.

　교통편은 지하철을 이용했다. 스이카니 파스모니 구입을 해서 다니라고 많이들 추천하지만 우리는 그때그때 티켓을 끊었다. 항공권, 숙박, 비짓재팬앱까지 내겐 버거운 산들을 넘다보니 교통카드 관련한 것은 알아보지도 않았다. 아니 알아봐도 잘 머리에 입력이 되지 않았다. 그래서 긴

자역에서 갈 수 있는 곳만 둘러보기로 한 거다. 메트로노선을 보면 긴자

역은 세 개의 노선이 지나간다. 긴자선, 마루노우치선, 히비야선이다. 세

개의 노선을 타면 많은 곳을 갈 수 있다. 아사쿠사, 신주쿠, 우에노, 시부

야, 오모테산도, 롯폰기, 신바시, 쓰키지등 우리가 가길 원했던 모든 곳

이 가능하다. 이 많은 곳을 겨우 4박 5일 동안 다 둘러볼 수는 없었다. 선별 작업이 필요하다.

오모테산도를 가보기로 한다. 오모테산도는 우리나라 신사역의 가로수길과 비슷하다고 들었다. 역에서 내리자마자 펼쳐지는 다른 세상, 우와! 감탄사가 나올 수 밖에 없는 비주얼이다. 우선 거리가 넓고 깨끗하다. 시원하게 늘어선 가로수들, 붐비지 않는 거리. 저마다 자태를 뽐내는 명품숍등, 왜 그렇게 오모테산도 거리가 유명한지 이해가 되었다. 한참을 목적없이 걸었다. 어디를 가야겠다는 생각 없이 오모테산도 자체를 즐겼다. 그러다가 저녁때가 되어 식사를 해결하기 위해 이곳 저곳을 기웃거렸다. 우연히 오므라이스 사진이 눈에 띄었다.

오므라이스가 다 오므라이스지, 뭐 특별한게 있겠어? 별 기대는 하지 않았다. 식당은 2층이었고 이미 5팀 정도가 줄을 서 있었다. 진도가 빠르게 나가지 않았다. 약 30여 분을 기다렸을까? 우리 차례가 되었다. 잠시 후 나온 오므라이스. 일본은 메뉴 하나를 시키면 양이 적은 편이라 둘이서 3,4개의 메뉴를 시켰는데 이번엔 달랐다. 물론 메인은 오믈렛이다. 밥 위에 얹어진 오믈렛이 구름을 연상시키듯 폭신한 맛이었다. 부드러우면서 탱글탱글했다. 어디에서도 먹어보지 못한 식감이다. 크기도 했고 부드럽기도 했고 맛있기도 했다. 밥과 함께 먹으니 입안이 또 천국이다. 남편과 연신 '오이시'를 외치며 입은 먹느라 웃느라 아주 바빴다. 만족스러운 식사를 마치고 거리를 더 구경하다가 돌아왔다. 오모테산도는

오므라이스. 우리 뇌에는 이렇게 각인이 되었다.

시부야는 특별히 계획하고 가지는 않았다. 우리는 애초에 어디를 가겠다는 욕심이 없었다. 그저 보이는 대로 걷고 맛있어 보이는 곳에 들어가 식사하고 우리 취향에 맞는 카페에 들어가 쉬겠다는 생각밖에 없었다.

그런데 그것도 하루 이틀이지 며칠 하고 나니 새로운 곳이 가고 싶어졌다. 이번에는 버스로 이동해보기로 했다. 지하철은 다 좋은데 밖을 볼 수가 없다는 단점이 있다. 버스를 타고 바깥 풍경을 보는 것보다 좋은 여행은 없다. 신바시역에서 시부야까지 가는 버스가 있었다.

긴자역에서 걷다 보니 신바시역이 나왔고 우연히 버스 정류장을 발견했다. 그 정류장의 종착지가 시부야역이다. 우리의 행선지는 이렇듯 즉흥적으로 결정된다. 버스를 타는 법도 모른다. 급하게 인터넷을 검색하니 복잡한 정보가 나온다. 어떤 버스는 앞에서 타고 어떤 버스는 뒤에서 탄다고 나와 있다. 요금 지불 방법도 매우 복잡하게 소개가 되어있다. 언제나 답은 현장에 있다고 했던가? 우리는 그냥 부딪치기로 한다. 정류장에는 이미 사람들이 앞문에서 타려고 줄을 서서 기다리고 있다. 앞문으로 타는 버스인가보다. 버스에 올라타니 210엔이라고 쓰여 있다. 그래

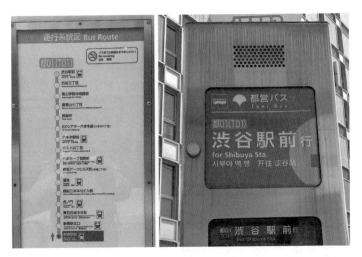

서 210엔을 동전으로 박스에 넣었다. 생각보다 간단했다. 버스는 한 번밖에 타지 않아서 다른 버스는 잘 모른다. 그때그때 알아보고 타도 큰 걱정은 없을 듯하다.

그렇게 해서 도착한 시부야는 놀라웠다. 우선 사람이 많아도 너무 많았다. 직선, 대각선으로 신호등이 있는 교차로는 사람들로 넘쳐났다. 사람 구경이라는 말이 딱 맞다. 무서울 정도로 많았고 과장을 하면 약간의 공포가 밀려올 정도로 많았다. 이 많은 사람들은 무엇 때문에 이곳에 왔을까? 갑자기 궁금해지기도 했다. 사람 구경만 실컷 하고 지쳐서 카페에 들어갔다. 겨우 찾아서 들어간 카페는 조용했다. 우리 테이블 옆에 한국 사람들이 들어왔다. 갑자기 익숙한 말이 들리니 이상했다. 다른 카페들에 앉아있을 때 말을 못 알아들어 오히려 편안함이 있었다. 그런데 옆 테이블에서 하는 말의 의미를 알고 있으니 '저 사람들이 무슨 말을 하나?' 하고 듣게 된다. 못 알아듣는 말의 홍수 속에서는 오히려 편했는데. 이런 우스운 생각도 해본다. 그렇게 시부야에 우리가 왔었다는 흔적을 잠시 남기고 그곳을 떠나왔다. 머릿속에 아, 시부야는 정신이 없는 곳, 사람이 많은 곳으로 기억되겠지.

쓰키지 시장은 도쿄의 부엌이라고 불린다. 토요일에 가게 되었다. 사람이 많을 걸 예상은 했지만 여기 또한 인파가 만만치 않았다. 공짜로 할수 있는 시장 구경을 마다할 사람은 없다. 입구부터 각 식당에는 줄이 길게 서 있다. 뭉근히 오래 끓인 쇠고기 장조림덮밥을 서서 먹는 사람들이

먼저 눈에 들어온다. 고개를 돌리니 뒷골목 작은 식당들마다 칸칸이 사
람들로 가득 차 있다. 혼자 온 사람, 커플로 온 사람, 가족이 온 사람. 구
성원은 달라도 잠시 로컬이 되어 일본의 식문화를 느껴보고 싶은 마음은
같을 것이다. 고급스러운 스시집도 있다. 물론 들어갈 자리가 없고 밖에
는 긴 줄이 서 있다. 밀려다니기를 여러 번. 배도 고프고 해서 뭘 먹을까
고민하다가 그 복잡한 곳을 비집고 들어가 먹을 용기가 나지 않아 계란
말이를 샀다. 특이한 것은 두껍고 고운 계란말이를 큐브 모양으로 잘라
서 판다는 거다. 먹기 편했다.

또 우리의 눈길을 끈 곳은 사케를 파는 곳이었다. 그냥 파는 것이 아니

라 마셔볼 수 있다. 500엔을 내면 뜨거운 사케 한잔을 유리잔에 준다. 뜨거운 알코올. 두 모금 마셨는데 취기가 위장으로 쏴아 퍼지는 것이 느껴졌다. 남편은 오래도록 은밀하게 사케의 맛을 즐기고 있었다. 좁은 매장 안은 각종 사케로 가득하고 뜨거운 사케를 맛보겠다는 사람들로 북적였다. 사람이 너무 들끓어 옴짝달싹도 못 하겠어서 구경을 마치고 그곳을 빠져나왔다. 즐거운 체험이었다.

4박 5일 여정에 4일째 되는 날 걱정이 되었다. 긴자역에서 공항 가는 버스는 어디서 타는 걸까? 확인을 해 두어야 하는건 아닐까? 인터넷으로 검색을 해보고 그 주소로 찾아갔다. 주변에 파출소가 있다고 하고 파출소에서 10m만 가면 된다고 한다. 설명대로 긴자역 C4에서 나왔는데 어디가 어딘지 분간이 가지 않았다. 결국 헤매고 헤매다가 어느 노래방에 들어가 직원에게 물어보았다. '파출소가 어디인가요?' 그 직원도 맵을 연다. 그리고는 갸우뚱을 한참 하더니 문을 열고 건너편 벽돌 건물을 가리킨다. 이곳 노래방은 1층에 위치해 있고 들어가면 넓은 로비가 나온다. 손님들은 2층으로 올라가는 눈치였다. 직원이 알려준 파출소 건물로 가 보았다. 우리네 파출소와는 판이한 풍경이다. 그러니 우리가 찾기가 어려웠다. 알고보니 우리가 처음에 나리타에서 긴자역을 왔을 때 내렸던 바로 그 정류장이다. 그곳에서 똑같이 공항을 다시 가는 거다. 우리는 당연히 반대편에 정류장이 있을거라고 생각을 한 거다. 그러나 하행과 상행의 정류장이 같았던 거다. 친절히 시간표도 나와 있다. 한시름 놓았다. 미리 확인하길 잘했다.

6번의 일본 여행을 경험하며 깨달은 것은 '여행은 날씨다'라는 것이다. 날씨가 좋으면 어딜 가서 뭘 해도 기본은 한다. 그동안 5번의 일본 여행은 너무 덥거나 지나치게 춥거나였다. 항상 여름이나 겨울방학 때만 여행을 할 수 있었으니 말이다. 내리면 숨이 막히게 덥거나 아니면 예상했던 것보다 많이 추웠다. 남편은 후쿠오카 오호리공원의 호수 앞에서 오들오들 떨던 기억을 아직까지 얘기한다. 아랫지방이라 별로 춥지 않을 거라 생각하고 두꺼운 방한복을 준비하지 않았다. 된서리 맞듯 추운 바람을 맞아가며 돌아본 오호리공원의 기억이 머릿속에 그대로 얼어있다.

강풍과 눈발로 비행기가 뜨지 않으면 어쩌나하고 출발하는 날 호텔방에서 마음 졸이던 기억도 있다. 그런 곳을 지금 이 날씨에 갔더라면 얼마나 편안하게 즐길 수 있었을까를 생각해본다. 너무 더워도 여행은 맛이 안 난다. 초등학교 5학년 큰 딸을 데리고 둘이 갔던 도쿄 여행도 힘들긴 마찬가지였다. 아직 어린 딸은 어딜 가든 음료수 자판기만 끌어안고 움직일 생각을 안 했다. 그나마 빌딩 전체가 장난감 쇼핑몰인 곳 한군데에서 반짝 좋아했을 뿐 아이에게는 너무 힘든 여행이었을 것이다.

그렇게 별로 아름답지 못한 기억만 있던 내게 이번 여행은 마치 일본을 처음 가본 듯 신선했다. 춥지도 덥지도 않은 기온. 대부분 맑았던 날씨. 흩뿌리는 옅은 보슬비는 연두빛 나뭇잎들을 더욱 푸르게 보이도록 도와주는 정도였다. 다니기가 편하니 특별한 것을 하지 않아도 즐거웠다. 우리나라와 다른 풍경, 글씨가 다른 간판, 분위기가 다른 현지인들만 봐도 신기해 시간가는 줄 몰랐다. 이렇듯 여행에서 날씨는 어찌보면 가장 중요한 요소가 아닌가 싶다.

또 하나는 누구와 가느냐이다. 동행자가 매우 중요하다. 남편이 그렇게 좋은 동행자가 아닐 수도 있지만 그래도 같이 산 세월은 무시 못 한다고 편한 건 있다. 편할 뿐만 아니라 든든하기도 하다. 물론 체크인 체크아웃, 공항에서의 모든 절차, 주문, 유사시의 자질구레한 일 처리까지 나에게 떠맡기고 나 몰라라 하는 남편이지만 존재 자체로 든든하다. 그리고 제일 좋은 건 내 맘대로 할 수 있다는 거다. 남편은 뭘 해도 뭘 먹어도 괜찮다는 거다. 내가 하고 싶은 것을 최우선시하는 선심을 이번에 제대로 쓰는 남편이 있어 여행이 더욱 즐거웠다. 평소에 냉소적인 컨셉을 버리고 이번에는 착한 남편 코스프레라도 하기로 작정을 했는지 모두 나에게 양보를 했다. 이 또한 즐겁지 아니한가? 사소한 거지만 내 맘대로 할 수 있다는 건 큰 기쁨이다. 왜냐면 해외로의 여행은 쉽게 올 수 있는 건 아니기 때문이다. 모든 것이 좋았다. '100% 좋았다'라고 하면 거짓말이라고 하겠지만 재방문의사 100%라고 하면 믿어지려나? 다음의 일본 여행이 기대된다. 좋은 계절에 남편과의 도쿄 여행을 또 꿈꿔 본다.

11

마음의 여행은 책방에서

TV 보다 책

책을 많이 읽게 된 계기는 TV를 없애면서부터다. 큰딸이 초등학교 5학년 때부터니까 10년이 됐다. 결정적인 요인은 광고를 보고 싶지 않아서다. 반복되는 광고를 보는 것이 싫었다. 다른 요인은 남편이 사극을 많이 본다는 거다. 나는 사극을 좋아하지 않는다. 그 당시 사극이 열풍을 타고 여러 채널에서 방영이 되었다. 그 느린 흐름과 말투가 귀에 거슬렸다. 내가 먼저 제안을 했다. 'TV를 없애면 어떨까?' 하고. 'TV대신 책장을 거실에 맞춰서 만들어보자'라고 말이다. 실행에 옮겼고 TV는 오랫동안 벽장에 들어가 있었다. 마음이 바뀌어서 TV를 다시 설치 할 수 있으니 당분간은 보관해두자고 했다. 그리고도 TV를 완전히 버리기까지 5년이 걸렸다.

처음에 TV가 거실에서 사라지자 우리는 한 달 동안 안절부절했다. 저녁을 먹고 잠들기 전 몇 시간을 뭘 해야 할지 몰라 집안을 어슬렁거렸다. 그렇다고 갑자기 안 읽던 책을 붙잡고 읽을 수도 없었다. 셋이 앉아서 게임을 할 수 있는 것도 아니었다. 끈 떨어진 연을 보는 것처럼 마음 한구석이 허전하고 불안했다. 맛있게 먹던 아이스크림 반이 땅바닥에 떨어진 느낌. 처음 겪는 일이었다. 지루하고 막막하고 심심했다.

그렇게 한 달 두 달이 흘렀다. 인간의 적응력은 놀라웠고 책을 읽기 시작했다. 유일한 오락거리는 책을 읽는 거였다. 컴퓨터가 있기는 했지만 그때는 지금처럼 볼거리가 많지 않았고 넷플릭스나 유투브가 일반화되지 않은 시기였다. 뉴스를 라이브로 볼 수도 없었고 셋이 컴퓨터를 동시에 할 수도 없었다.

자연스럽게 책에 손이 갔다. 딸도 책을 읽기 시작했다. 예전에는 1년에 책을 두 권도 채 못 읽었다. 그러나 TV를 없애고부터는 한 달에 3,4권은 읽어냈다. 하나의 책을 읽고 그 책에서 꼬리를 물고 다른 책을 읽게 되었다. 어느 작가의 책이 재미있으면 그 작가의 다른 책도 궁금해졌다. 서점에 일부러 가게 되고 그곳에 가면 읽고 싶은 책이 많았다. 예전에도 대형서점에 가긴 했지만 책을 사진 않았다. 읽을 시간도 자신도 없었다. 그러나 TV를 없애고 나니 책 읽을 시간도 많아지고 읽고 싶은 책은 넘쳐났다. 야마시타 겐지의 '서점의 일생'에는 이런 구절이 나온다. '책은 손쉽게 책방에서 사서 돌아가는 우량한 소프트이자 하드웨어이기도 하다. 소설은 제대로 읽으려면 영화처럼 두시간만에 끝나지 않는다. 일주일은 자신의 상상력으로 읽으면서 즐기는 가성비 좋은 아이템이다.' 100% 공감하며 이 구절을 읽었다.

내가 읽고 재미있는 책은 남편에게 추천해주었다. 둘이 함께 다 읽으면 책에 대해 자연스럽게 얘기하게 되었다. 같은 책을 읽었다는 공감대는 묘하게 우리를 정신세계가 통하는 관계로 만들어주었다. 그렇게 일

년에 약 10권의 책을 함께 읽으니 친밀도가 높아졌다. 주변잡기나 아이들 육아를 의논하는 것에서 나아가 같은 책을 읽고 그 내용에 대해 얘기하는 것이 재미있었다.

둘째딸이 초등학교 6학년 때는 한권의 책을 읽고 식구 4명이 독서모임을 했다. 요시타케 신스케의 '있으려나 서점'이라는 책이었는데 각종 특이한 서점이 일러스트와 설명으로 나와 있었다. 최연소자인 둘째 딸의 수준에 맞췄다. 그림도 있고 내용도 읽기 쉬운 것으로 골랐다. 그런데 나이 많은 우리가 더 좋아했다. 이야기를 나누며 참 많이 웃었던 기억이 난다. 매개는 책 한 권이지만 그걸 통해 식구들의 생각도 엿볼 수 있고 미래에 대한 계획 등도 덤으로 들을 수 있었다. 선물 같은 시간이었다.

학교에서는 어문교육부 일을 맡고 있었다. 학교 도서실 관리가 어문교육부 업무에 포함이 되어있기 때문에 자주 도서실에 올라간다. 새로운 책을 1년에 4차례 신청할 수 있다. 학교에 비치하기에 부적절하다고 생각되는 것 외에는 신청하면 거의 구매한다. 책과 더 친해질 수밖에 없는 상황이다. 서가가 친근해지고 도서실 문을 여는 순간 마음이 평온해지고 풍성해지는 느낌이 든다. 도서실이 5층이고 창문이 넓다. 주변이 산이어서 창문으로 시원한 바람도 들어오고 산과 언덕을 볼 수 있다. 가끔 수업과 업무에 지칠 때면 도서실에 가서 마음의 바람을 쐬고 내려온 듯하다. 도서실은 아침, 점심시간, 방과 후에 자료를 열람하는데 생각보다 많은 학생들이 이용한다. 학생들이 책을 싫어할 거라는 편견은 오해다.

책을 광적으로 좋아하는 친구들도 많이 있다. 점심시간이 되면 얼른 급식을 먹고 한달음에 도서실로 달려오는 친구들이 있다. 책을 읽고 있는 학생들이 기특해 보인다.

영어과에서도 정기적으로 책을 살 수 있었다. 그러면 나는 대형서점에 가서 학생들의 흥미를 끌만한 영어도서를 고르기 위해 시간을 아낌없이 투자한다. 다 읽어볼 수는 없지만 분위기나 그림 등을 대략적으로 보고 고른다. 똑같은 책을 여러 권 사지 않고 한권 한권 다른 것을 산다. 그러면 학생들이 다양한 책을 볼 수 있다. 로알드 달(Roald Dahl)이나 존 버닝햄(John Burningham)과 같은 작가들의 책은 말하면 입이 아프다. 재미있고 독특한 내용의 책들이다. 그중에서도 로알드 달의 에시오 트로트(Esio Trot)나 트윗츠(Twits)는 내용의 기발함에 눈이 휘둥그래졌다. 어떻게 이렇게 기이하고도 재미있으며 마음을 사로잡는 얘기를 쓰는 것일까? 그저 작가의 능력이 놀라울 따름이다. 재미를 선사한 작가에게 고맙기도 하다. 존 버닝햄의 그랜드파(Grandpa)는 애니메이션으로 만들어졌다. 영상을 보는 순간은 마치 꿈을 꾸는 것과도 같다.

책과 함께라면

책을 사랑하고 독서모임도 하다 보니 책을 위한 공간을 만들고 싶었다. 이런 생각을 하기까지는 시간이 걸렸다. 내게는 평생 이루지 못한 꿈이 있다. 가수를 하고 싶었다. 어렸을 때부터 노래를 많이 불렀고 음악을 좋아했다. 어떤 분야에 관심이 있냐고 묻는다면 음악이다. 그러나 현실은 내 맘대로 되지 않았다. 발령을 받고 평창중학교에서 근무를 할 때부터 음악학원을 다니며 피아노를 배웠다. 몇 년 전에는 지하연습실에서 보컬지도를 1년간 받았고 틈만 나면 피아노를 배웠다.

2년 전 학교에서 버스킹 행사를 했을 때 성시경의 노래 '제주도의 푸른 밤'을 불렀다. 피아노를 연주하며. 세상에서 제일 좋아하는 장면을 연출해보고 싶었다. 스스로 악기를 연주하며 노래를 불러보는 것이다. 연습을 많이 했다. 그러나 막상 학생들과 선생님들이 지켜보는 곳에서 연주하며 노래를 한다는 것은 쉽지 않았다. 무슨 정신으로 피아노를 쳤는지 모르겠다. 너무 떨리고 정신이 없었다. 그래도 순수한 학생들은 큰 박수로 나를 격려해주었다.

실력 발휘는 제대로 하지 못했고 어디에 숨고 싶었다. 하지만 전공이 영어인 나로서는 시도를 했다는 것 자체에 큰 의미가 있다. 생각을 바꾸니 내 자신이 기특해보였다. 지금도 노래, 음악에 대한 관심이 가장 크다. 산에 가는 것도 좋고 영화를 보는 것도 좋고 책을 읽는 것도 좋아하지만 결국 제 1순위를 꼽으라고 하면 노래를 부르는 것이다. 노래를 좋아는 하지만 지금 전문가 수준으로 노래를 할 수 있는 실력도 되지 않고 그럴 수 있는 상황도 아니다.

그래서 생각해낸 것은 책방이라는 공간에서 음악회를 하는 것이다. 5명 이상만 모이면 된다. 5명의 눈을 바라보며 노래를 부르고 싶다. 5명의 관객 앞에서 기타나 건반악기에 맞춰 조용한 노래를 읊조리듯 하는 것이 나의 버킷리스트 1위다. 그래서 공간이 필요하다. 나는 책방이라는 공간에서 종합예술을 해보고 싶은 거다. 꿈이 너무 거창한가? 지금 계획은 우선 책방이니 당연히 좋은 책을 큐레이션하는 거다. 그러면서 동네 주민들의 필요와 나의 계획이 만나도록 노력하는 거다. 음악회도 하고 독서모임도 한다. 와인모임도 하고 기타 배우는 모임도 한다.

어른이(?)들의 동화읽기모임과 영어 원서읽기 모임도 시도해본다. '이것저것 시도하다보면 몇 가지로 추려지겠지?' 생각만 해도 즐겁다. 다른 책방들을 보면 작가들을 초청해서 작품에 대해 질문도 주고받으며 대화를 한다. 물론 그런 행사도 좋다. 그러나 나에게는 주민들이 주인이 되는 작은 모임들이 더 좋아 보인다. 의미 있는 모임을 위한 공간이 되었으면 좋겠다.

동네책방의 수입이 좋지 않다는 건 알고 있다. 가게를 연다는 것은 수익을 내기 위한 것이다. 사람을 만나고 여러 가지 모임을 통해 성장하고 새로운 나눔이 이루어진다면 그것은 돈과는 바꿀 수 없는 새로운 경험이 될 것이다. 동네 주민들에게 성장과 나눔이 형성된다면 어느 정도의 수익은 당연히 뒤따라 오지 않을까? 평생을 공무원으로만 살아온 나는 사실 마케팅이나 가게운영은 잘 모른다. 의욕만으로 되지 않는다는 것은 잘 알고 있다.

　살면서 제일 좋아하는 것은 음악이고 그 다음으로 좋아하는 것을 생각해보니 명료했다. 산.책.빵. 이렇게 얘기하니 남편이 어이없어하다가도 박장대소한다. 맞는 말이라고. 그리고 보니 나중에 책방이름을 -산책빵-이라고 지으면 어떠냐고 한다. 둘이서 걸으며 웃고 말았다. 그러다가 눈이 마주쳤다. 다시 웃는다. 아니 말이 되잖아? 산 밑에서 빵을 파는 책방. 그래, 장소는 산이 보이는 곳이거나 산과 가까운 곳이어야겠다. 거기서 책과 빵을 팔면 되지 않는가? 좋아하는 것을 동시에 보고 즐길 수 있다니 얼마나 행복할까? 그날이 언제가 될지는 아직 모르지만 생각만 해도 즐겁다. 그러나 '팔리지 않는 책을 계속 봐야 한다면? 책이 너무 팔리지 않는다면? 아무도 책이나 빵을 위해 가게에 들르지 않는다면 어쩌지?' 혼자서 차리지도 않은 책방운영 걱정을 해본다.

산·책·방

책방을 열고 싶어요
손님이 없으면 어떡하죠?
혼자 열었다
혼자 닫으면 말이에요

돈을 받지 않고라도
그대에게 책을 드리고 싶어요
책방문을 열고 들어와 주어 고맙다고

빵을 대접할게요. 허기지지 않도록
산을 바라보세요. 눈도 채워지도록

책방을 열고 싶어요
누구라도 와서
한페이지만 열고 가세요
그대와는 긴 이야기를 나누고 싶어요.

만약 책방을 하게 된다면 준비를 많이 해야 한다. 장소도 물색해야하고 책 큐레이션에 대한 공부도 해야 한다. 인테리어를 어떻게 해야 할지와 굿즈 제작도 고민해야한다. 고객만족을 위해 혹은 호객(?)을 위해 머리를 짜내야 할 것이다. 새롭긴 하겠지만 나이가 들다보니 점점 용기가 없어진다. '남들이 운영하는 멋진 책방을 내 집처럼 드나들기만 할까? 굳이 책방을 차려 고민을 이고 앉아있을 필요가 있을까?' 그런 생각을 하다가도 쉽게 포기가 안 된다. 또 요즘 하나씩 생겨나고 있는 북스테이를 보면 최고의 공간이 아닌가 싶다. 숙박시설이 책방이라니 생각만 해도 가슴이 뛴다. 책을 구경하고 읽는 것도 좋은데 책방이 있는 곳에서 밤을 지새운다니. 너무나 설레는 일이다. 책을 읽고 책에 대해 얘기하다가 책이 있는 공간에서 잠드는 것이다. 아침에 일어나면 책방에서 간단한 조식을 먹는다. 그 어떤 럭셔리한 공간보다도 더 수준 있고 잘 쉬다 가는 느낌이 들 것 같다. 굳이 책을 읽지 않아도 책방이라는 공간 자체가 주는 지적인 분위기에 압도당할 것이다. 어느 책방지기가 책방을 오픈하기 전에 전국의 책방을 여행한 것처럼 나도 하나하나 구경을 다녀볼까 한다.

빛나는 동네 책방

해방촌에 있는 '고요서사'는 여기저기서 많이 눈에 띄고 EBS '동네책 방'에도 소개가 된 곳이라 방문해보고 싶었다. 이름도 누가 지었는지 맘에 들었다. 해방촌이라는 곳을 처음 가보게 되었다. 오로지 책방을 방문하려고 찾아가게 된 것이다. 어렵게 찾았다. 거짓말처럼 나타난 멋진 공간 '고요서사'. 이름이 주는 울림이 있다.

사장님이 인사를 건넨다. "어서오세요!" 흔한 말이지만 왠지 반갑고 따뜻하게 느껴졌다. 공간이 작아서 둘러보는데 시간은 얼마 걸리지 않았다. 책을 모두 들쳐볼 건 아니었다. "독서모임 하기에 좋은 책 추천해주세요." 했더니 두 권을 추천해주었다. '엄마실격'과 '더 셜리클럽'.

'엄마실격'은 샬럿 퍼킨스 길먼이 썼다. 작가는 페미니스트이자 여성의 경제적 독립과 참된 자유를 주장한 사람이다. 여성의 정치적 참여를 격려하고 미국 전 지역에서 페미니즘 운동과 인권을 위해 노력한 작가이다. 10편의 단편이 실려 있다. 제목만 보고 육아서인 줄 알았다. 평소에 아이들을 잘 양육하고 있다고 생각하는 엄마들이 몇 명이나 될까? 나 역시 오랜 직장 생활로 우리 두 딸이 제대로 컸는지? 또 커가고 있는지 잘 모르겠다. 정답을 맞히지 못한 기분에 젖어 있다. 아마도 자의반 타의반이 책을 받아들인 것 같다.

그런데 다 읽고 보니 우리가 생각하는 세세한 생활 속의 육아상식은 전혀 나오지 않는다. 1800년대 중반부터 1900년대 중반에 걸친 여성들의 삶을 적나라하게 소설로 각색해서 쓴 것이다. 여성들이 어떤 대접을 받았는지, 지혜롭고 슬기로운 여성들이 어떻게 어려움을 헤쳐 나갔는지를 쓴 책이다.

마지막에 '엄마실격'이라는 타이틀로 실린 단편이 압권이다. 이 단편은 강력하게 추천하고 싶다. 여성들의 위대함, 엄마들의 위대함을 알리는 내용이다. 나아가 나만을 생각하는 삶이 아닌 함께 하는 삶에 대한 이야기다. 내용을 읽고 나서 통쾌하게 한방 얻어맞은 기분이었다. 맞았는데 통쾌하다니? 읽어보면 알 수 있다. 벌집의 꿀을 쏙쏙 빼먹는 듯 알짜배기를 맛보고 있는 느낌이 들게 만드는 책이다.

다른 하나는 '더 셜리클럽'이다. 이 책은 박서련 작가가 쓴 책이다. '체공녀 강주룡'으로 유명한 작가다. 이 작가를 '더 셜리클럽'을 통해 알게 된 것이다. 작가나 책에 대해 들은바가 없었는데 순수하게 주인장의 추천으로 읽게 되었다. 처음부터 끝까지 눈이 바빴다. 반신욕을 하면서 책을 읽는 순간이 그 당시 생활 루틴 중 가장 행복한 시간이었다. 내가 젊은 시절 유학했던 나라, 호주. 그중에서도 멜번이 배경이었다.

그곳에 워킹홀리데이를 가서 일하는 한 젊은 여자가 독일 청년을 만나 수줍게 데이트를 해가는 과정, 미래에 대한 걱정, 엄마와의 갈등, 순수한 사랑이야기가 영화를 보는 듯 펼쳐졌다. 알고 있는 장소들이 나와서 더 재미있게 읽었다. 요즘 젊은이들의 생각도 엿볼 수 있고 예전 젊었을 때 그나마 순수했던 때로 돌아간 듯 머릿속이 맑아졌다. 이렇게 재미있는 책을 추천해준 '고요서사'의 사장님이 얼마나 고마운지. 책을 읽으며 두고두고 책방의 내부 전경이 생각났다. 또 가고 싶은 책방 1순위다. 오래 머물고 싶은 공간이었는데 너무 서성거리는 것도 그렇고 해서 책을 사서 얼른 나왔다. 그리고는 또 밖에서 서점내부를 한참 바라보다가 그곳을 떠났다.

  양재천을 자주 가다 보니 가까운 곳에 서점이 있는지 알아보게 되었다. 양재에서 버스로 4정거장만 가면 도착할 수 있는 곳이 있다. 어느 날 별 기대 없이 가보게 되었다. 나는 길치라서 네비를 보고도 왔다 갔다 빙글빙글 헤매기 일쑤다. 여기도 마찬가지로 그 앞에 거의 도착해서도 헤맸다. 그러다가 겨우 발견했다. 책방 '책읽는 정원'이다. 이곳은 '5명의 책방지기, 5개의 마음을 책방에 심다'라는 컨셉으로 함께 살기를 실험하는 작은 책방이다.

  이곳은 책방 운영을 경험하고 싶은 사람들이 신청하여 하루씩 돌아가면서 자신이 맡은 날 가게를 운영하는 곳이다. 나도 해보고 싶어서 이것저것 물어 보았지만 지금은 여건이 되지 않는다. 그러나 언젠가 꼭 체험

해보고 싶다는 욕심이 났다. 뜨개질로 만든 책갈피와 직접 책방지기가 작업한 그림이 벽에 걸려있다. 아늑하고 포근한 느낌이 풍겨 나온다. 큐레이션도 좋아서 구매하고 싶은 책들이 눈에 띄었다. 사람 냄새가 난다고 할까? 그날 운영을 맡은 분과 이런 저런 얘기를 나누고 왔다. 장소는 안쪽에 들어가 있지만 찾기가 어렵지는 않다. 생각만 해도 또 가고 싶어지는 곳이다. 그래서 한 가지 프로그램에 신청했다. 프로그램명은 '열두 달 그림책'이라고 하여 그림책을 읽고 하나의 주제에 대해 함께 얘기하는 것이다.

5명의 책방지기 중 한 명인 분홍님이 진행하는 프로그램에 참여를 했다. 그림책 세 권을 진행자가 읽어주었다. 주제가 '나의 공간'이므로 공간에 대한 그림책이었다. 권윤덕의 '만희네 집', 히라타 겐야의 '할아버지의 바닷속 집', 조오의 '나의 구석'이다.

'만희네 집'은 옛날에 살던 집을 생각나게 했다. 1960년, 70년대의 일반주택의 모습을 그린 작품인데 내게는 익숙한 풍경의 집이다. 같이 모임에 참여한 분은 아파트에 살아서 이런 모습의 집은 생소하다고 말했다. '할아버지의 바닷속 집'은 일본의 해수면이 점점 높아져서 집이 물에 잠기게 되어 그 위에 집을 계속 쌓아나가는 이야기다. 어느 날 위에 다시 집을 지어야 하는 상황에 접하게 된 할아버지가 작업하다가 망치를 물속에 빠뜨려 잠수복을 입고 바다 속으로 뛰어 들어가야 하는 상황이 되었다. 예전에 지은 집, 이웃집 등이 물에 잠겨 있다. 어느 집이든 사연이 없는 집은 없다. 이전에 함께 생활하던 이웃집 사람들의 집에 대한 추억이 새록새록 생각이 나는 것이다. 추억을 여행하고 할아버지는 결국 새로운 집을 짓고 햇살을 맞으며 이야기는 끝을 맺는다.

이 이야기는 우리의 지금 현실과 흡사했다. 미세먼지와 코로나여파로 마스크 없이는 집 밖을 나갈 수 없는 현실, 앞으로 무엇이 닥칠지 모르는 지구의 미래에 대한 불안을 표현했다. 그러나 인간은 그러한 상황에서도 어떻게든 극복하고 이겨내며 살아낸다는 것이 놀라울 따름이다. 마지막에 다시 집을 짓고 햇살을 받게 되는 할아버지의 이야기는 희망을 암시한다. 우리는 역경을 딛고 살아내고 앞으로 나아간다는 걸 얘기한다.

또 다른 이야기 '나의 구석'은 까마귀가 주인공이다. 까마귀가 처음에는 아무것도 없는 구석에서 하나씩 살림을 늘여나가는 얘기다. 식물도 갖다 놓고 나중에는 벽화도 그리며 자신만의 공간을 완성해나간다. 이 이야기를 읽고 난 후 우리는 그림책에 대해 이야기해보았다. 기본적인 구도의 구석이 그려진 쪽지위에 자신이 원하는 공간을 그려보는 것이었다. 난 그림을 잘 그리지 못하지만 어떻게든 쪽지를 채워야 했기에 원하는 것을 생각해보고 간단히 그려보았다. 책장이 있으면 좋겠고 벽에는 좋은 스피커, 푹신한 쿠션과 테이블, 그리고 요즘 즐겨먹는 과자를 그려 넣었다. 다 그린 후 셋이 그린 그림을 보여주며 얘기하는데 공통점은 우리가 좋아하는 것이 결국 책, 음악, 식물이라는 점이다. 놀라웠다. '우리가 원하는 것이 어떻게 미리 짠 것처럼 비슷할까?'라는 생각을 했다. 어떤 시간보다 의미 있고 재미있는 시간이었다.

그림책은 아이들이나 보는 것이라는 생각의 틀이 부서진 시간이다. 큐레이터가 주제에 맞추어 선택한 세 권의 그림책은 어른들인 우리에게 공간에 대해 생각해보는 시간을 선물해주었다. 한 권은 과거의 시간을 소환하게 만들었고 또 다른 책은 지금의 현실을 아프게 들여다보게 했고 마지막 그림책은 미래에 내가 원하는 공간이 무엇인지 꿈꾸게 했다. 한 번도 심각하게 들여다보지 않았던 그림책이 이렇게나 많은 것을 생각하게 하다니. 놀라웠다. 돌아오는 발걸음에는 뿌듯함이 배어 있었다.

책도 세 권 구매했다. 만화책 '나단이라고 불러다오'와 '당신의 섹스는 평등합니까?', 김수영 시인의 '달나라의 장난'이라는 책을 골랐다. '나단이라고 불러 다오'는 남자가 되고 싶은 한 소녀의 이야기이다. 치마 입기를 거부하고 여자로 키워지는 것에 강한 저항을 느낀다. 성 정체성을 아프게 찾아간다. 그리고 커밍아웃을 한다. 이제 '내게 누나는 없는 거냐?'며 울부짖는 남동생을 보며 괴로워한다. 그러나 결국 부모와 동생은 나단을 그 누구도 아닌 나단으로 받아들인다. 그 과정을 만화로 적나라하게 그린 책이다.

'당신의 섹스는 평등합니까?'는 제목이 마음에 들어 덥석 집어 온 책이다. 요즘 나오는 예능프로그램을 보면 부부관계라든가 이혼 문제를 담담하게 리얼로 그린 것들이 있다. 반응이 좋고 공감을 하는 사람들도 많다. 이혼하지 않은 부부들은 다른 사람의 상황을 보며 이해하려 노력해본다. 또 성에 관한 부분을 다룰 때면 나도 궁금하기는 하다. 다른 부부들의 성생활은 평등할까? 찰떡궁합인 부부가 얼마나 될까? 정도의 차이는 있지만 다들 문제를 안고 살아간다. 다양한 문제가 있다면 그만큼의 해법도 있을 것이다. 한 번도 누구와 툭 터놓고 부부관계에 대해 얘기를 해 본 적도 없고 농담으로나 받아들이는 주제였다. 그것도 이제 50이 넘어 아줌마가 되다 보니 편하게 남들과 농담이라도 할 수 있는 주제가 되었다.

그런데 이제는 제대로 알고 싶어졌다. 나이도 들고 몸도 늙고 남자와 여자의 성은 다르다. 아무래도 여자보다는 남자들의 욕구가 강한 듯하다. 이 책은 다양한 사람들의 성문제를 다루고 있다. 꼭 성만을 다룬 것은 아니다. 서로가 갖고 있는 상대방에 대한 성역할 때문에 어려워하는 상황도 묘사한다. 물론 애를 둘 낳은 나도 몰랐던 여자들의 몸, 성감대 등의 은밀한 얘기들도 나온다. 읽고 나니 새로 알게 된 젊은 부부들이 성을 즐기는 방법, 성관련 부부문제까지 흥미로운 얘기들이 담겨 있다.

김수영의 시집은 한번 쯤 도전해보고 싶었다. 김수영 전집을 서점에서 들었다 놨다 하며 엄두를 내지 못했다. '얇은 시집 한권쯤 읽어낼 수 있겠지?' 가볍게 마음먹고 읽기 시작했다. 나의 예상과 달리 함축적인 의미가 많아 매우 어렵게 느껴졌다. 이주윤은 '제가 결혼을 안 하겠다는 게 아니라'에서 나이 먹고 하지 말아야 할 행동을 다음과 같이 정리했다.

지하철에서 사람 밀치지 않기
공공장소에서 너무 큰 목소리로 얘기하지 않기
나이 어린 사람에게 함부로 반말하지 않기
잘 씻고 다니기
깨끗한 옷 입고 다니기
입 닫고 지갑 열기
나이 먹는 게 서럽다고 징징거리지 않기
젊은 척하지 않고 나이대로 살기
아무나 붙잡고 신세 한탄하지 않기
쉽게 발끈하지 않기
남 탓하지 않기, 등이 있다.

몇 개 항목이나 해당이 되는지 생각해볼 일이다. 이중 몇 개 항목은 아주 익숙해서 마음이 뜨끔하다. 최대한 자연스럽고 우아하게 늙고 싶다. 외모든 마음이든 향기를 풍기며 나이 들고 싶다. 인상 쓰고 악다구니 쓰며 작은 일에 집착하고 징징거리지 말아야할 텐데. 신세 한탄하느라 딸 둘을 번갈아 불러가며 앉혀놓고 괴롭히면 어쩌나?

이 모든 나이 듦에 대한 허무함과 안타까움과 비참함으로 커다란 구멍이 뚫린 마음을 나는 책으로 메워보려 한다. 꼭 사람에게 매달려 채우지 않고 책을 읽으며 내 마음의 빈틈을 잘 이어보아야겠다.

이 세상 모든 곳을 다 발로 직접 다녀볼 수는 없다. 간접체험으로 독서만큼 좋은 것이 있을까? 장소뿐만 아니라 다른 사람의 마음속까지 여행해 볼 수 있으니 이보다 짜릿한 경험이 어디에 있을까? 요즘은 넘쳐나는 영상 콘텐츠를 감상하느라 독서를 하는 사람이 많이 없다지만 책 읽는 경험이야말로 자신과 다른 사람을 제대로 만나고 이해하는 훌륭한 방법이 아닐까싶다.

맺는 글

은유 작가는 '글쓰기의 최전선'에서 말한다.

'어떤 일도 일어날 수 있는 게
삶이다. 뭐라도 있는 양 살지만 삶의 실체는 보잘 것 없고 시시하다.'

이 시시하고 보잘 것 없는 삶을 함께 할 남편이 있다는 것이 감사하다.
'안 맞는 구석이 여러 가지 있지만 그래도 여태 살아 낸 걸 보면 앞으로도
크게 문제가 없지 않을까?' 하는 안일한 생각을 해본다. 남편을 바꾸는
건 꽤 복잡한 일이라 환경을 가끔 바꿔보기로 한다. 그래서 여행을 간다.

해외에 가서 제일 많이 떠오른 우리나라 음식은 김치다. 밥에 김치만
있으면 속 울렁거림을 잠재울 수 있다. 그 어떤 다른 반찬들보다 상위에
있는 것이 김치다. 김치는 숙성시킬수록 맛이 있다. 발효과정을 거쳐야
한다. 남편과 만나 지금까지 살아오며 많은 일을 겪었다. 아이 둘을 키우
며 울고 웃고 때론 밤에 응급실로 뛰어가기도 했다. 운동회에서 달리기
하는 아이를 응원하며 사진을 찍고, 무용하는 모습을 보며 울었던 모든

순간들을 부부는 공유한다. 작은 상이라도 받아오면 노벨상이라도 타온 듯 온 마음으로 축하해주고 용돈을 준다. 아이가 울면 나는 몇 배로 마음이 아프다. 남편 또한 그랬으리라. 험난한 지뢰밭을 우리는 손잡고 함께 걸어간다. 이러니 어찌 둘의 관계가 발효되지 않을 수 있을까? 긴 인생길, 남편은 나를 외롭지 않게 해주었다. 밉다는 말은 애정과 미움이 묘하게 섞여 발효된 감정의 표현일 것이다.

이런 남편과 여행을 간다. 밉던 남편이 뜻밖의 행동으로 나를 감동시킨다. 우리 부부는 주로 걷기를 통해 대화를 많이 한다. 여행을 갈 때마다 부부생활의 큰 주춧돌 하나를 놓은 듯하다. 그만큼 새로운 환경에서의 풍부한 대화는 부부관계를 견고히 만들어준다. 낯선 나라에서 이국적인 사람들을 만나 좌충우돌 만들어내는 스토리는 두고두고 우리의 마음을 간질인다.

'아이들과의 갈등이나 남편과의 갈등이 불거질 때마다 끝까지 가지 않는 이유가 뭘까?'를 생각해보고 내린 결론은 여행이다. 우리는 아이들이 어릴 때부터 가족여행을 다녔다. 오롯이 네 식구가 함께 밥을 먹고 새로운 곳을 돌아다니고 현지인을 만나 소통하는 과정에서 신기하고 설레는 경험을 함께 하게 된 것이다. 그래서일까? 넷이 모이면 시끌벅적 재미있는 이야기로 시간 가는 줄 모른다. 어렸을 때부터 자연스럽게 여행을 통해 부모와 맺은 관계로 인해 아이들은 성장해서도 부모에게 크게 거리감을 두지 않고 다가온다.

멀리가거나 사치스러운 여행이 아니라도 요즘은 볼거리, 갈 곳이 차고 넘친다. 나이 든 부부 둘이 가서 재미없으면 어쩌나 하는 걱정은 하지 마시라. 풍경이 알아서 다한다. 맛집도 거든다. 그저 떠나면 나머지는 알아서 잘 굴러간다. 계획 없이 여기 저기 기웃기웃하면 옛날 추억도 생각나고 젊었을 때 배우자의 모습도 어쩌다 슬쩍 보인다. 여자를 보호한답시고 하는 행동들도 가끔 나오고 여자들은 남편한테 예쁘게 보이기 위해 한껏 꾸미는 노력을 하기도 한다. 거칠고 메마른 세상이라고 탓하지 말고 가장 가까운 미운 남편을 데리고 어디든 떠나보시라. 나 아니면 죽겠다던 젊은 시절의 남편 다시 만날 수 있다.

미운 남편 데리고 다니기

초판 1 쇄 2023년 8월 25일
지 은 이 주진명
펴 낸 곳 하모니북

출판등록 2018년 5월 2일 제 2018-0000-68호
이 메 일 harmony.book1@gmail.com
홈 페 이 지 harmonybook.imweb.me
인스타그램 instagram.com/harmony_book_
전 화 번 호 02-2671-5663
팩 스 02-2671-5662

979-11-6747-121-5 03980
ⓒ 주진명, 2023, Printed in Korea

책값은 뒤표지에 있습니다.

이 도서의 국립중앙도서관 출판예정도서목록(CIP)은 서지정보유통지원시스템 홈페이지(http://seoji.nl.go.kr)와 국가자료공동목록시스템(http://www.nl.go.kr/kolisnet)에서 이용하실 수 있습니다.

색깔 있는 책을 만드는 하모니북에서 늘 함께 할 작가님을 기다립니다.
출간 문의 harmony.book1@gmail.com